GOLDMANN

Von Heinz G. Konsalik sind folgende Romane als Goldmann-Taschenbücher erschienen:

Eine angesehene Familie (6538) · Auch das Paradies wirft Schatten / Die Masken der Liebe (3873) · Bluthochzeit in Prag (41325) · Duell im Eis (8986) · Engel der Vergessenen (9348) · Der Fluch der grünen Steine (3721) · Der Gefangene der Wüste (8823) · Das Geheimnis der sieben Palmen (3981) · Geliebte Korsarin (9775) · Eine glückliche Ehe (3935) · Das goldene Meer (9627) · Das Haus der verlorenen Herzen (6315) · Der Heiratsspezialist (6458) · Heiß wie der Steppenwind (41323) · Das Herz aus Eis / Die grünen Augen von Finchley (6664)

Ich gestehe (3536) · Im Tal der bittersüßen Träume (9347) · Im Zeichen des großen Bären (6892) · In den Klauen des Löwen (9820) · Der Jade-Pavillon (42202) · Kosakenliebe (9899) · Ein Kreuz in Sibirien (6863) · Leila, die Schöne vom Nil (9796) · Liebe am Don (41324) · Liebe auf dem Pulverfaß (9185) · Die Liebenden von Sotschi (6766) · Das Lied der schwarzen Berge (2889) · Manöver im Herbst (3653) · Ein Mensch wie du (2688) · Morgen ist ein neuer Tag (3517) · Promenadendeck (8927)

Schicksal aus zweiter Hand (3714) · Das Schloß der blauen Vögel (3511) · Schlüsselspiele für drei Paare (9837) · Die schöne Ärztin (3503) · Die schöne Rivalin (42178) · Schwarzer Nerz auf zarter Haut (6847) · Die schweigenden Kanäle (2579) · Sie waren Zehn (6423) · Sommerliebe (8888) · Die strahlenden Hände (8614) · Die Straße ohne Ende (41218) · Tal ohne Sonne (41056) · Die tödliche Heirat (3665) · Und alles nur der Liebe wegen (42396) · Unternehmen Delphin (6616) · Der verkaufte Tod (9963) · Verliebte Abenteuer (3925) · Wer sich nicht wehrt... (8386) · Wer stirbt schon gerne unter Palmen... 1: Der Vater (41230) · Wer stirbt schon gerne unter Palmen... 2: Der Sohn (41241) · Wie ein Hauch von Zauberblüten (6696) · Wilder Wein (8805) · Wir sind nur Menschen (42361)

Ferner liegen als Goldmann-Taschenbücher vor:

Stalingrad. Bilder vom Untergang der 6. Armee (3698)
Die fesselndsten Arztgeschichten.
Herausgegeben von Heinz G. Konsalik (11586)

KONSALIK

Und alles nur der Liebe wegen

Roman

GOLDMANN VERLAG

Überarbeitete Ausgabe der 1976 unter dem Titel »Zwillinge mit kleinen Fehlern« erschienenen Erstausgabe

Umwelthinweis:
Alle bedruckten Materialien dieses Taschenbuches sind chlorfrei und umweltschonend.
Das Papier enthält Recycling-Anteile.

Der Goldmann Verlag
ist ein Unternehmen der Verlagsgruppe Bertelsmann

Umschlagentwurf: Design Team, München
Umschlagfoto: N. Y. Gold / Zefa, Düsseldorf
Satz: Uhl+Massopust, Aalen
Druck: Elsnerdruck, Berlin
Verlagsnummer: 42396
MV · Herstellung: Ludwig Weidenbeck
Made in Germany
ISBN 3-442-42396-1

3 5 7 9 10 8 6 4 2

1

Lucia Etzel hatte sich schon lange auf ihr großes Sommernachtsfest gefreut. Alles sprach dafür, daß es ihr gelingen würde: Die Wettervorhersagen ließen auf südliche Temperaturen hoffen, eine befreundete Gartenarchitektin hatte dem wunderschön angelegten Garten mit einer bezaubernden Lichtanlage rund um den Springbrunnen den letzten Schliff gegeben, die Rosen standen in voller Blüte – und was das Wichtigste war: Fast alle eingeladenen Gäste aus der Kölner High Society hatten zugesagt.

Ihre bildhübschen Töchter, die Zwillinge Karin und Monika, wollten die beiden Hausmädchen unterstützen und Getränke reichen, ihr elfjähriger Sohn Peter hatte sich die Erlaubnis erbettelt, einem extra dafür angeheuerten Fachmann beim nächtlichen Feuerwerk zur Hand zu gehen.

Heute, einen Tag vor dem Fest, erwartete sie nun auch ihren Mann. Mit Peter wollte sie zum Flughafen fahren und ihn abholen.

Sie freute sich auf ihn, und die Freude mischte sich mit der Hoffnung, es möge sich bei ihnen, wenigstens für ein paar Tage, so etwas wie ein ganz normales Familienleben ergeben.

Ludwig Etzel, der zu den großen, international erfolgreichen Architekten zählte, war so selten zu Hause, daß er eigentlich nur noch eine Gastrolle spielte. Im Augenblick arbeitete er an einem Großprojekt in Kopenhagen; einen

Gedankenaustausch mit seiner Frau gab es seit langem überwiegend durch das Telefon, und auch dann konnte es geschehen, daß seine Sekretärin beauftragt war, ihr seine Grüße auszurichten. Da er auch an den Wochenenden unter Arbeitsdruck stand, konnte er sich einen Heimflug nur sehr selten leisten.

Es wurde nun höchste Zeit, daß er wieder einmal nach dem Rechten sah. Auch die Kinder freuten sich auf ihren Vater. Die beiden Töchter gingen leidenschaftlich gern abends mit ihm aus, in schicken Klamotten, rechts und links bei ihm untergehakt, ein auffallend attraktives Trio. Und Peter saß gern neben ihm im Auto, vor allem wenn er auf der linken Fahrspur über die Autobahn jagte und alle andern hinter sich ließ.

Lucia mußte bei diesem Gedanken lächeln. Die Kinder – Ludwig wird sich wundern, dachte sie, wieviel älter sie geworden sind.

Als das Telefon klingelte, lief sie beschwingt hin, denn sie erwartete einen Anruf ihrer Freundin, die ihr bei den letzten Vorbereitungen ein wenig helfen wollte.

Doch es meldete sich Ludwig; und seine belegte Stimme verhieß nichts Gutes. »Ich kann nicht kommen, Lucia«, erklärte er ohne Umschweife, wenn auch zögernd, »es ist mir einfach nicht möglich, das –«

»Wie bitte?« schrie Lucia in den Hörer. »Machst du einen Witz? Soll ich... soll ich diesen ganzen Sommernachtstraum allein über die Bühne bringen?«

»Beruhige dich«, erwiderte er, »beruhige dich doch! Wir können Dr. Schachtner bitten, an meiner Stelle –«

Einen Augenblick wurde ihr schwindlig; sie schmiß den Hörer auf den Apparat und ließ sich in einen der herumstehenden Sessel fallen. Ihr Herz jagte, sie hörte es wild in den Ohren dröhnen, und ihr brach der Schweiß aus. Dieses große Fest morgen und sie als die Alleinverantwortliche – das war schlimmer als ein Alptraum! Sie hatte sich auf Ludwig verlassen.

Wieder klingelte das Telefon. Schon als sie es aufnahm, hörte sie Ludwigs Stimme.

»Dr. Schachtner ist informiert, er wird an deiner Seite stehen, mich vertreten.«

»Daß du dich nicht schämst!« Lucias Stimme zitterte. »Daß du es fertigbringst, mit mir gemeinsam ein Fest zu planen und mich dann im Stich zu lassen!« Sie begann zu weinen.

»Lucia, ich bitte dich, sei vernünftig. Die Idee zu diesem Sommerfest stammt von *dir*.«

»Aber du hattest zugesagt.«

»Sicher. Aber es ist hier etwas schiefgegangen, was ich ausbügeln muß, und zwar sofort. Die Folgen, wenn ich meine Stellung jetzt verlassen würde, wären katastrophal. Keiner meiner Mitarbeiter hätte dafür auch nur das geringste Verständnis!«

Lucia nickte. »Verständnis ist immer das Gepäck, das speziell Ehefrauen mit sich herumschleppen müssen. Das ist nichts für die Herren der Schöpfung. Und den Ehefrauen bleibt es dann auch überlassen, die Kinder damit auszustatten, ihnen zu erklären, warum sie für den Vater Verständnis haben müssen.«

»Immerhin verdiene ich das Geld, auch für die Kinder, und nicht zu knapp!« wehrte sich Ludwig. »Da kann ich sehr wohl von ihnen –«

Lucia fuhr sich nervös über die Stirn. »Ja, ja, Ludwig. Und in den Sommerferien, die demnächst beginnen, werden sie von neuem Verständnis aufbringen müssen, dafür nämlich, daß es für uns keinen Familienurlaub gibt wie bei vielen anderen, dafür, daß für sie nur ein Ferienlager der Schule übrigbleibt.«

»Sie fahren mit ihrem geschlossenen Deutschkurs, das ist doch wohl keine Strafe!«

»Und Peter? Hast du mal darüber nachgedacht, wie der sich zu Hause langweilen wird, wenn alle seine Klassenkameraden –«

»Wollen wir uns jetzt wegen des morgigen Festes oder wegen der Schulferien der Kinder in die Haare geraten?« rief Ludwig gereizt.

»In die Haare geraten können wir uns ja wohl kaum – du bist ja nie da!« Zum zweiten Mal schmiß sie den Hörer auf den Apparat, rannte in den Garten, setzte sich an den Springbrunnen und versuchte, sich durch tiefes Durchatmen zu beruhigen. Das Fest morgen muß gelingen, nahm sie sich vor, nun eben ohne Ludwig! Ich habe die Kinder, ich habe genügend Personal, die Sache ist gut durchorganisiert, Dr. Schachtner ist ein zuverlässiger Partner – und ich bin eine attraktive und gewandte Frau. »Danach aber«, sagte sie laut, »danach werde ich mein Leben ändern, wenn nötig, werde ich es auf den Kopf stellen!«

2

Sie lagen bäuchlings auf der Wiese, kauten Grashalme, schlugen mit den nackten, langen Beinen durch die heiße Sommerluft und lachten. Hinter ihnen, im Tal, glänzte der Wolfgangsee in der Sonne; die Seilbahn auf dem Schafsberg glitt wie eine müde Mücke den Berghang hinauf; über den Bergen stand flimmernd die Hitze. Kein Wind regte sich.

»Guck dir den Typ an!« sagte Karin. »Der glotzt herüber, daß ihm bald die Augen aus dem Kopf fallen. Hat wohl noch nie Mädchen gesehen, was?« Sie reckte sich, dehnte die Arme und schlug in der Luft die Hacken zusammen.

Erika, die neben Karin lag, ein knackiges Mädchen mit kurzen schwarzen Haaren, lachte und wälzte sich auf den Rücken. »Wer ist das denn?«

»Keine Ahnung.« Karin stützte das Kinn in beide Hände. »Der ist uns nachgeschlichen. Sieht gar nicht übel aus: ein bißchen dürr, aber groß ist er.« Sie hob den Kopf, spuckte den zerkauten Grashalm aus und neigte den Kopf etwas zur Seite. Ihr langes blondes Haar, das sie sonst zu einem Pferdeschwanz zuammengebunden trug, fiel offen auf ihre Schultern. Sie hatte ein hübsches Gesicht mit großen blauen Augen. »Jetzt lächelt er mich an!« flüsterte sie.

»Laß ihn doch!« Erika rupfte mit ihren Zehen Grashalme aus. »In einer halben Stunde müssen wir wieder unten im Kral sein. Tu so, als sei der Kerl gar nicht vorhanden.«

»Er hat schwarze Locken«, sagte Karin, »und wenn er lächelt, hat er zwei Grübchen. Ist das stark! Ob ich ihn mal frage, was er hier will?«

»Laß das!« Erika drehte sich träge wieder auf den Bauch. »Daß du immer nach den Kerlen gucken mußt! Solche halbreifen Bananen! Wenn's ein Graumelierter wäre, so wie der unten am See, der mit dem Motorboot, dann ja!«

»Das ist ein Playboy, für den sind wir Kleinkinder.«

»Du nicht. Du siehst aus wie achtzehn. Er hat dir gestern lange nachgeäugt, als du am Bootshafen vorbeigegangen bist. Mit dem wär noch was zu machen.«

Karin setzte sich und schlug die langen, schlanken Beine übereinander. Sie wußte, wie hübsch sie war, und sie hielt sich nicht zurück, es überall deutlich zu zeigen. »Ich frage ihn, woher er kommt, ja?« sagte sie leise. »Wetten, der ist nicht von hier.«

»Ich wette nicht mehr.« Erika erhob sich, zog das Bikinihöschen und das Oberteil gerade und fuhr sich mit gespreizten Fingern durch die kurzen Haare. »Ich gehe. Vergiß nicht – in einer halben Stunde ist Ballspiel. Tschüs!«

Karin wartete, bis Erika den Wiesenhang hinuntergegangen war und auf dem Feldweg ins Tal wanderte. Dann stand sie auf und ging langsam, mit betont wiegenden Hüften, zu dem jungen Mann, der ihr mit großen Augen entgegensah.

Diesen wiegenden Gang hatte Karin geübt. In ihrem Zimmer hatte sie den Spiegel auf den Boden gestellt und war dann hin- und hergegangen, bis sie es heraus hatte, wie man die Hüften bei jedem Schritt nach vorne dreht. Sie fand das umwerfend und war auch die einzige in der Klasse, die das perfekt konnte.

Der junge Mann sprang auf, als Karin vor ihm stehen blieb und ihn mit hochgezogenen Augenbrauen anlächelte. Er war sichtlich verlegen. »Thomas Andau«, stellte er sich vor. »Habe ich gestört? Das wollte ich nicht.«

»Karin Etzel.« Karin stemmte die Hände in die Hüften und schüttelte die langen Haare.

Thomas Andau konnte nicht viel älter sein als sie. Er war groß und schlaksig und hatte dunkelbraune Augen.

Der gefällt mir, dachte Karin. Er ist genau der Typ, mit dem man Action in das langweilige Sommerlager bringen kann.

»Du bist hier in Ferien?« fragte Thomas. Es war selbstverständlich, daß sie sich duzten.

»Ja. Unten im Sommerlager des Königin-Luise-Gymnasiums von Köln. Wir wohnen im Haus Sonneck. Langweiliger Laden. Wir nennen die Bude den Kral.«

Thomas lachte. Er hatte eine schöne, tiefklingende Stimme.

Karin fand die Stimme faszinierend. Sie spürte Schmetterlinge im Bauch.

»Nein, so was!« rief Thomas. Er legte die Hände auf den Rücken, weil er nicht wußte, wohin mit ihnen. »Die Schule vom alten Schnuffi!«

»Du kennst unseren Chef?«

»Aber klar, ich bin vom Cusanusgymnasium in Köln. Wir haben unser Sommerlager ganz in der Nähe. Unser Alter, der Papagei, ist ein Studienfreund von eurem Schnuffi! Einmal in der Woche spielen sie Skat und haben ihren Stammtisch. Jedes Jahr fahren das Cusanusgymnasium und das Königin-Luise-Gymnasium zusammen in das Sommerlager, weil die beiden ihren Skat weiterspielen wollen. Wußtest du das nicht?«

»Nein. Ich bin erst ein Jahr auf der Schule. Wir sind von Leverkusen nach Köln gezogen. Mein Vater ist Architekt.«

»Etzel? Warte mal...« Thomas bekam ehrfurchtsvolle Augen. »Der Etzel, der die beiden Kaufhäuser gebaut hat?«

»Genau der. Seitdem ist mein Vater fast unsichtbar. Mal Paris, mal Brüssel, mal München, dann Hamburg, Bremen, Hannover. Immer auf Achse. Als ob er der einzige Architekt in Deutschland wäre.«

»Einer der wenigen, die was können.« Thomas Andau sah Karin prüfend an. Die Sonne umglänzte sie.

Karin bemerkte diesen schnellen Blick, er tat ihr gut. Er bewies ihr, daß Thomas Sinn für Schönheit hatte.

»Du bist mit deinem Leistungskurs hier?« fragte Thomas unvermittelt.

Karin nickte. »Leistungskurs Deutsch, und du?«

»Musik. Wer begleitet euch?«

»Unser Kursleiter ist Dr. Hembach, auch der schöne Erich genannt. Sieht wirklich super aus, man könnte sein Herz an ihn verlieren.«

Thomas sah sie zärtlich an. »Du siehst toll aus in dem Bikini«, sagte er. Seine Stimme war noch um einen Ton dunkler geworden, noch etwas schwingender. Er spielte hinter dem Rücken mit seinen Fingern und spürte eine merkwürdige Nervosität. »Aber das haben dir schon viele Jungen gesagt, was?«

»Ja. Und sogar ausgewachsene Männer.«

»Wie alt bist du?«

»Sechzehn. Ich werde im Dezember siebzehn.«

»Ich bin schon siebzehn. Werde im Mai achtzehn.«

Das Gespräch stockte plötzlich. Sie blickten sich an, Karins leuchtendblaue Augen glänzten, Thomas' braune hatten einen verträumten, romantischen Ausdruck.

Mit einem Schwung drehte sich Karin um und blickte ins Tal. Eine Reihe von Segelbooten glitt über den silbernen See. Die weißen Segel leuchteten in der Sonne. »Eine Regatta!« rief sie und warf wieder die langen blonden Haare zurück. Sie wehten Thomas über die nackte Brust.

Einer Eingebung folgend packte er sie und hielt sie fest.

»Au!« schrie Karin auf. »Was soll das?«

»Sie sind wie Seide«, stellte Thomas fest. Das Kribbeln in seinem ganzen Körper verstärkte sich, und sein Herz hämmerte gegen die Rippen, daß er Angst hatte, sie könnten zerspringen.

»Ich wasche sie jeden Tag«, sagte Karin kokett. Sie legte den Kopf etwas nach hinten, als zöge Thomas an ihren Haaren – was er nicht tat –, und sah ihn aus dieser Richtung, von unten her, an. Ihre Lippen glänzten. »Kannst du segeln?« fragte sie.

»Nein.« Thomas erkannte seine Stimme nicht wieder. So spricht man, wenn man einen Kloß verschluckt hat. »Aber ich habe eine Honda, eine schnelle Maschine. Zweisitzig.«

»Honda ist blöd!« Karins Augen funkelten. »Da kriegt man Rheuma.«

»Mit achtzehn mache ich meinen Führerschein und bekomme einen VW. Mein Vater hat es versprochen, wenn ich die Klasse zwölf glatt schaffe.«

»Die schaffst du doch, was?«

»Bis auf Physik ist alles glatt.«

»Na also. Viel Glück zum VW, Tom.«

»Sag das noch einmal«, Thomas' Stimme war fast heißer.

»Was?«

»Tom. Es hat so schön geklungen.«

»T-o-m.« Karins dehnte den Namen wie einen Akkord. Sie sang ihn beinahe.

Thomas atmete tief aus. Es war ein deutlich hörbares Seufzen. Dann umfing er Karin mit beiden Armen, preßte sie an sich und küßte sie. Sie wehrte sich mit beiden Händen, aber er hielt sie fest. Als er sie endlich freiließ, fielen seine Arme herab.

»Bist du verrückt?« rief Karin und trat einen Schritt zurück. »Bist du total übergeschnappt? Was denkst du dir denn dabei?«

»Ehrlich gesagt, ich weiß es nicht.« Thomas sah sie an. Wie hübsch sie aussieht, wenn sie wütend ist! Ihre Augen blitzen, ihr Körper ist gespannt wie eine Sehne. Ein tolles Mädchen!

Er atmete tief auf, und es war ihm, als dufte die ganze Welt nach Rosen. Er griff wieder zu, aber Karin war schneller und entschlüpfte ihm. Lachend rannte sie vor ihm her, die Bergwiese hinab, und er folgte ihr, in großen Sätzen, die seinen langen Beinen nicht schwerfielen, überholte sie, sprang auf die Straße und fing Karin auf, als sie über die Straßenböschung sprang.

»Wann habt ihr Freizeit?« fragte er, als sie zu dem Busch gekommen waren, wo hinter einigen Felssteinen Karins Tasche mit ihren Jeans und dem Pullover versteckt lag. Sie zog beides über den Bikini, und Thomas stützte sie, als sie in die Hosenbeine stieg. »Dürft ihr ins Kino gehen?« fragte er.

»Klar. Aber da hängen sich andere von uns an.«

»Es wird doch leicht sein, sie abzuhängen?«

»Mal sehen.«

»Du kommst? Ich warte um acht Uhr an der ›Schönen Aussicht‹. Du kennst die ›Schöne Aussicht‹?«

»Was denn sonst. Hat zum Programm der beiden ersten Tage gehört: Kennenlernen der näheren Umgebung zwecks sicher folgendem Aufsatz nach den Ferien. Thema: Eindrücke am Wolfgangsee.«

»Du kommst also?«

»Vielleicht!« Karin sah Thomas spöttisch an. Sie ging barfuß, die Sandalen trug sie zusammengebunden über der Schulter. Die Haare hatte sie mit einer Spange zusammengenommen, was ihr Gesicht noch schmaler erscheinen ließ.

»Du bist sehr hübsch, Karin«, sagte Thomas leise. Er stockte und blickte verlegen in den blauen Sommerhimmel. »Wie findest du mich?«

»Ganz nett, Tom! Nur küssen kannst du nicht! Aber so ein fleißiger Junge wie du wird das auch noch lernen.« Sie lachte laut und sprang leichtfüßig die Straße nach St. Wolfgang hinunter.

Thomas sah ihr nach, bis sie zwischen den Büschen verschwand. Ganz unbewußt wischte er sich über den Mund, seine Finger rochen nach der Sonnencreme, mit der sich Karin eingerieben hatte. Er atmete den Duft tief ein. »Karin«, sagte er leise. »O Karin, ich liebe dich.« Glücklich schlenderte er nach St. Wolfgang zurück.

Während sich die Mädchen des Kölner Königin-Luise-Gymnasiums im Sommerlager am Wolfgangsee wohlfühlten und begeisterte Briefe nach Hause schickten, ging in der Villa des Architekten Ludwig Etzel das Leben wie gewohnt weiter.

Ludwig war auf Reisen. Das letzte Telefongespräch war aus Kopenhagen gekommen. Dort sollte ein Architektengremium ein großes Klinikum bauen: Spezialkrankenhäuser für Chirurgie, innere Krankheiten, Gynäkologie und eine große Entbindungs- und Kinderklinik. Ludwig hatte die Planungen für das Schwesternhaus übernommen, ein Hochhaus von neunzehn Stockwerken, das die anderen Krankenhausbauten wie ein breiter Turm überragen sollte. Sein Minimodell aus Gips und Pappe hatte überall großen Beifall gefunden und festigte seinen internationalen Namen als Architekt.

Das Lebenszeichen aus Kopenhagen kam noch nicht einmal von ihm selbst. Ludwigs Sekretärin, die attraktive Irene Aurach, hatte angerufen. »Ihr Mann läßt Ihnen bestellen, daß es ihm gut geht«, hatte sie am Telefon gesagt. »Er ist wieder in einer Sitzung. Aber er hofft, in drei Wochen zurückzukommen.«

»Danke«, hatte Lucia kurz erwidert und aufgelegt.

Wer Lucia kennenlernte und wer dann wußte, daß Ludwig neun Monate im Jahr von zu Hause fort war, konnte nur verständnislos den Kopf schütteln. Mit neununddreißig Jahren war Lucia eine ausgesprochene Schönheit. Schlank, elegant, in den teuersten Kleidern, mit einem eigenen weißen Sportwagen, fiel sie sofort auf. Im Tennisclub, auf der Pferderennbahn von Köln, bei den gesellschaftlich attraktiven Bällen in Bonn oder Düsseldorf, im Jachtclub – überall zog sie die Männer an wie ein Magnet. Sie war fröhlich und lebenslustig, sportlich und tanzte gern, und wenn man sie lange und eindringlich bat, dann sang sie sogar. Lucia hatte eine sehr schöne Stimme. Bevor sie vor achtzehn Jahren den damals noch unbekannten Architekten Etzel heiratete, hatte sie als ausgebildete Opernsängerin ihr erstes Engagement am Göttinger Stadttheater. Nach einer Aufführung von »Madame Butterfly« lernte man sich kennen. Ludwig hatte sich gerade selbständig gemacht und baute eine Reihenhaussiedlung. Nach der Heirat trat Lucia von der Opernbühne ab, aber zu Hause saß sie oft am Flügel und sang die herrlichsten Arien.

Das Leben der Erfolgreichen hatte auch die Familie Etzel umgewandelt. Ludwig flog in der Welt herum, begleitet von Frau Aurach. Lucia hatte es aufgegeben, auf sie eifersüchtig zu sein. Ihr Mann beteuerte, daß sie nur seine Sekretärin sei, drei Sprachen beherrsche, rasend schnell stenografiere und deshalb unentbehrlich bei den Sitzungen sei. Daß sie außerdem noch von südländischer Schönheit war, kam hinzu, war aber nach den Worten Ludwigs völlig belanglos. Lucia sprach nicht mehr darüber, aber sie richtete sich ihr Leben nach ihrem Geschmack ein.

Zwei Hausmädchen kümmerten sich um die Kinder, eine Halbtagsköchin kochte, ein Gärtner bemühte sich um den großen Garten der Villa – so blieb Lucia genug Zeit für Tennis und Golf, Motorbootfahrten auf Rhein und Mosel und für Parties. Besonders schön war, daß ein ehemaliger Kollege nach Köln engagiert war, der Tenor Henk Beljonow, ein Deutschrusse, früher der Partner Lucias am Göttinger Stadttheater.

Der einzige, der unter diesen Verhältnissen litt, war Peter, der elfjährige Sohn Lucias und Ludwigs. Er hatte rotblonde, borstige Haare, grüne Augen und steckte voller Dummheiten, wie die Hausmädchen meinten. Es gab nichts, was Peter nicht ausgeheckt hätte. Von zerbrochenen Fensterscheiben sprach man schon gar nicht mehr, aber wenn bei Laura, einem der Hausmädchen, unter der Bettdecke eine tote Maus lag und sie sich ahnungslos darauf fallen ließ, so konnte sie darüber nicht mehr lachen; auch die Fahne, die Peter auf seinem Indianerzelt im Garten gehißt hatte, gab Anlaß zu Beschwerden: Sie bestand aus einem Unterrock, der dem Hausmädchen Lisa gehörte. Mit Lippenstift hatte Peter darauf geschrieben: »Born to kill.«

Jetzt, in den großen Ferien, war er allein in der Villa. Das Sommerlager seiner Schule nahm erst Jungen ab vierzehn Jahre auf. Papi war in Kopenhagen, Mutti gab eine Party nach der anderen und schlief dann bis gegen Mittag, alle anderen waren in den Ferien – es war stinklangweilig! Abwechslung brachte nur der alte Freund von Mutti, der breite und dickliche Henk Beljonow.

An einem schönen Sommertag – die Sonne brütete über der Stadt, und auch über dem Garten der Familie Etzel flimmerte die Luft vor Hitze –, erlebte Peter etwas Merkwürdiges.

»Gleich nach dem Essen gehen wir schwimmen!« sagte Lucia.

»Au fein, Mutti!« Peter machte einen Luftsprung. Wie selten kam es vor, daß seine Mutter Zeit hatte, mit ihm auszugehen! Er suchte sein Badezeug zusammen, probierte die Tauchbrille und machte das Gummiband weiter, denn es war zu eng für seinen Kopf geworden.

Aber es blieb bei dem Versprechen. Gleich nach dem Essen – Peter wartete schon an der Garage, den Bademantel um die Schultern, die Badetasche in der Hand – fuhr ein weißer französischer Wagen vor, und Henk Beljonow stieg aus. Er winkte Peter zu und begrüßte Lucia, die ihm öffnete, überschwenglich mit einem Handkuß und einer

Arie aus »Rigoletto«: »Holdes Mädchen, sieh mein Leiden ...«

»Blödmann«, sagte Peter laut, als Beljonow im Haus war. Er streifte seinen Bademantel ab, legte ihn mit der Badetasche neben die Garage und ging mißmutig in den Garten. »Nichts mit Schwimmen!« schimpfte er und hieb vor lauter Wut mit einem Ast gegen die Bäume. »Jetzt singen sie wieder!«

Er machte drei Runden durch den Garten, bis er wieder vor dem Musikzimmer stand. Das Fenster war offen, und er hörte, wie Beljonow auf seine Mutter einredete. Peter packte die Neugier. Er sah sich um. Von der Kastanie müßte man wunderbar ins Zimmer sehen können, ohne selbst entdeckt zu werden. Er holte eine Leiter aus dem Geräteschuppen, stellte sie hinter den Stamm, stieg hinauf, bis er den ersten dicken Ast erreichte, und zog sich dann hoch. Das Klimmzugüben in der Turnstunde, das er immer ätzend gefunden hatte, machte sich jetzt bezahlt. Er setzte sich auf den dicken Ast, stützte das Kinn in die Hände und sah, daß Beljonow die Hände seiner Mutter erfaßt hatte und sie an seine Brust drückte. Ihre Augen glänzten, aber sie hielt den Kopf steif nach hinten.

»Noch dieses Duett, meine Liebe!« bat Beljonow. »Spürst du denn nicht, was ich empfinde?«

Peter rümpfte die Nase und hielt den Atem an.

Beljonow setzte sich an den Flügel und spielte ein paar Takte, dann sprang er auf und legte den Arm um die Schultern von Peters Mutter.

Das hat er abgeguckt, dachte Peter. So machen sie es im Fernsehen!

Dann sangen sie. Den Text verstand Peter nicht, nur ab

und zu das langgezogene Wort »Liiiiiebe ... o holde, selige Liiiiiebe«.

Dann geschah es! Peter hob mit einem Ruck den Kopf. Beljonow, den er nicht ausstehen konnte, zog seine Mutter an sich und küßte sie.

Jetzt klebt sie ihm eine, dachte Peter zufrieden. Jetzt gleich.

Aber sie tat es nicht. Es schien ihr zu gefallen. Mit geschlossenen Augen, zurückgebeugt, ließ sie sich küssen, und dann lachte sie sogar, rief etwas, das Peter nicht verstand, und zog wieder Beljonows Kopf an sich.

Peter kroch auf seinem dicken Ast zum Stamm zurück und lehnte sich dort an. Wenn das Papi wüßte, dachte er. Er ist weit weg, und Mutti küßt den dicken, häßlichen Russen! Wie ist so etwas möglich? So etwas gehört nicht zum Gesang, das spürte er jetzt ganz deutlich. Was Beljonow und Mama da taten, war Unrecht. Und er war nun Mitwisser eines Geheimnisses geworden, das Papi sehr weh tun würde, wenn er es erführe. »Man müßte den Dicken skalpieren!« sagte Peter laut. »Und das Schwimmen ist auch futsch!«

Von diesem Tag an kam Beljonow fast jeden Nachmittag, und immer hockte Peter auf der Kastanie und sah zu. Von jetzt an waren es keine langweiligen Ferien mehr.

»Du solltest den Jungen in ein Ferieninternat geben«, sagte Beljonow an einem dieser Tage. Er hatte gut zu Abend gegessen und sah Lucia wohlgefällig an. Sie trug einen seidenen Hosenanzug. Eine wundervolle Frau, dachte Beljonow. Mein Glück, daß Etzel mit seinen Bauten beschäftigt ist.

»Warum?« fragte Lucia. Sie nippte an einem Glas Orangensaft. »Der Junge fühlt sich zu Hause wohl.«

»Er sieht zu viel.«

»Ach was, Peter ist ein Kind. Was er sieht, begreift er noch nicht, und außerdem sieht er gar nichts.«

Aber das war ein großer Irrtum.

Im »Kral«, der für Ferienlager eingerichteten Pension Sonneck, war das Abendessen vorüber. Der Kursleiter, Dr. Erich Hembach, genannt der schöne Erich, hatte dreimal auf die Tischplatte geklopft, war so viel hieß wie: Der Tag ist zu Ende. Freizeit. Die Kinogänger auf die Zimmer, die Tischtennisspieler ziehen sich um, Jogginganzug, die Spaziergänger melden sich bei Frau Gütlich, der Referendarin, die einen Spaziergang zum berühmten »Weißen Rößl« machen will. Die anderen können schreiben, malen, diskutieren. Der Küchendienst schält für morgen Kartoffeln vor.

Wer einen Blick zu dem langen Tisch geworfen hätte, ohne darauf vorbereitet zu sein, hätte kaum glauben können, was er sah. Am Tisch saßen nämlich zwei Karin Etzels. So sah es auf den ersten Blick aus. Die gleichen langen blonden Haare, zusammengehalten mit einer Spange. Die gleichen hübschen, schmalen Gesichter mit den großen blauen Augen. Die gleichen Pullis über den Miniröcken, die gleichen langen, schlanken Beine. Ja, sogar der gleiche Tonfall der Stimmen.

So, wie sie jetzt nebeneinander saßen, waren die Etzelzwillinge Karin und Monika nicht auseinanderzuhalten. Nur wenn sie gingen oder wenn sie sich unterhielten, merkte man einen Unterschied. Karins Gang war, im Gegensatz zu Monikas natürlichen Bewegungen, herausfordernd, Karins Ansichten waren frühreif, sie sprach über Männer wie ein alter Filmstar nach fünf Ehen, sie nannte alle Eltern Grufties, nur die Männer mit den grauen Schläfen und den dicken Brieftaschen betrachtete sie als starke Typen; wie anders war da Monika! Sie liebte ihren Vater, den sie kaum sah, und ihre Mutter, die kaum Zeit hatte. Für die Schule arbeitete sie zuverlässig, im Gegensatz zu Karin, die jedes Jahr bei der Versetzung gerade noch durchrutschte. Monika war es auch, die viele Torheiten Karins deckte und ausbügelte, die bei den Lehrern für ihre Schwester gutes Wetter machte und ab und zu sagte, wenn ihr Karins Angeberei auf den Wecker ging: »Ach, hör doch auf, mach dich doch nicht lächerlich!«

Nur einmal wußte sie keinen Rat. An einem Sonntag überraschte sie Karin an der Gartenhecke mit einem Mann in inniger Umarmung. Als sie auseinanderstoben, erkannte Monika Herrn Neubes, den Nachbarn, einen Biergroßhändler, der verheiratet war und zwei kleine Kinder hatte. »Wenn du mich verpfeifst«, hatte Karin ganz cool zu Monika gesagt, »mach' ich 'ne Fliege und trampe nach England.« Und Monika schwieg. Sie hatte ihre Schwester viel zu gern, und sie fürchtete, daß sie wirklich von zu Hause ausriß.

Nach dem Essen gingen die Mädchen auf ihre Zimmer. Dr. Hembach blieb noch sitzen und rauchte eine Zigarette. Er las die Zeitung und überlegte sich ein Thema für die morgendliche »Aktuelle Stunde«, die er eingeführt hatte. Dort sprach man Tagesereignisse durch.

In der Diele von Haus Sonneck drängte Karin ihre Schwester in eine Ecke, während die anderen die Treppe hinaufstürmten. »Du«, flüsterte sie, »du mußt mir einen Gefallen tun. Einen ganz großen Gefallen.«

»Ich denke, wir gehen ins Kino?« fragte Monika zurück.

»Natürlich. Aber hör zu, ich habe mich verabredet.«

»Spinnst du, Karin?«

»Ich nicht, aber der Junge. Ein netter Typ. Thomas heißt er. Ich nenne ihn Tom, das hat ihn echt umgehauen. Er wartet um acht Uhr an der ›Schönen Aussicht‹. Du mußt hingehen.«

»Ich? Wieso? Ich gehe ins Kino. Das ist deine Verabredung.«

»Nun sei kein Frosch.« Karin griff in die Hosentasche und holte einen vielfach zerknitterten Geldschein heraus. Es waren fünfzig Mark. »Von Papi, eiserne Reserve. Du kannst sie haben, wenn du mich vertrittst. Du brauchst nichts weiter zu sagen als: ›Es geht heute nicht!‹ Dann weiß Tom Bescheid.«

»Das kannst du doch selbst sagen!«

»Eben nicht!« Karin blinzelte Monika zu. »Er ist in mich verschossen.«

»Schon wieder einer.« Monika schüttelte den Kopf. »Muß das denn sein? Kannst du keinen Mann sehen, ohne ihn anzumachen?«

»Tom ist kein Mann, sondern ein liebes Bübchen.« Karin strich eine Strähne des blonden Haares aus der Stirn. »Ich glaube, er hat noch nie ein Mädchen geküßt. Und deshalb will ich ihn braten lassen. Weißt du, er soll sich selbst garkochen! Und wenn er mich dann wieder küßt, stellt er es weniger hirnrissig an.«

»Du bist doch ein Biest, Karin.«

Monika zuckte zusammen, als Karin laut zu lachen begann. »Das ist nicht zum Lachen«, sagte sie ernst. »Das ist einfach fies von dir! Aber ich weiß schon, was du willst. Du schickst mich nur, damit dieser Thomas völlig durcheinanderkommt. Du nimmst an, daß er nicht an die Zwillinge glaubt. Aber du irrst dich! Ich werde es ihm deutlich genug sagen, daß ich nicht Karin Etzel bin. Ich werde es ihm schon von weitem zurufen! Und dann werde ich ihm erzählen, daß du es gar nicht wert bist, daß sich ein gutmütiger Typ mit dir befaßt!«

»O Gott!« Karin hob mit gespielter Sanftmut den Blick zur Decke. »Wir werden einen weiblichen Pastor in der Familie haben! Werden Sie nächsten Sonntag über die Sünden der Jugend predigen, Frau Pfarrer?«

Monika wollte etwas erwidern, aber Karin stieß sie mit dem Ellbogen in die Seite.

Aus dem Speisesaal kam Dr. Hembach. Er wollte sich den Abend mit Tischtennis vertreiben. »Aha, die Etzel-Damen!« sagte er und kam näher. »Wenn Sie noch ins Kino wollen, wird's Zeit.« Er sah Monika und Karin abwechselnd an und krauste die Stirn. »Sie haben wieder Ihre Erkennungsmarken nicht an. Bitte vergessen sie nicht immer, sie anzustecken.«

»Verzeihung, Herr Doktor!« Monika griff in die Tasche ihres Pullis und holte eine kleine goldene Brosche heraus, die ein M darstellte. Sie steckte sie an den Pullover und lächelte. Karin tat das Gleiche und sah Dr. Hembach herausfordernd an. Der räusperte sich, wandte sich ab und ging die Treppe hinauf.

»Der wird verlegen«, flüsterte Karin und stieß Monika in die Seite. »Hast du das gesehen? Süß sieht er aus.« Dann lehnte sie sich an die Wand und nahm ihr K wieder ab. »Also, gehst du zu Tom?«

»Nur, damit es keine neuen Komplikationen gibt – ja! Und du?«

»Ich gehe brav am See spazieren und bin mit den anderen vom Kino pünktlich zurück.«

»Und wo soll ich in dieser Zeit hin?«

»Du setzt dich ins Café Rumpler. Dort hole ich dich ab. Alles okay, Schwesterchen?«

»Wenn Papi das wüßte...«

Lachend sprang Karin die Treppe hinauf, immer zwei Stufen auf einmal nehmend. Eine Viertelstunde später kam sie langsam wieder herunter. Nichts erinnerte mehr an eine Schülerin im Sommerlager. Sie trug ein hautenges Minikleid, schwarz mit bunten Streublumen, dazu die passenden Leggings und schwarze Pumps; die offenen Haare bändigte ein schwarzer Reif aus Samt. Sie hatte sich die Lippen rot geschminkt und die Augen mit Lidstrich und Wimperntusche verschönt. Jetzt sah sie aus wie zwanzig, und sie wußte auch, wie hübsch sie war. Vom Treppenabsatz sah sie sich nach allen Seiten um, dann rannte sie die Treppe hinunter und aus dem Haus. Die Kinogänger und die Spaziergänger mit Frau Gütlich waren schon weg; im Keller hörte man Lachen, dort spielten Dr. Hembach und einige Mädchen an drei Tischen Tennis; im Schreibzimmer ertönte Musik aus dem Kassettenrecorder.

Karin lief, so schnell die hochhackigen Schuhe es zuließen, durch den Vorgarten. Erst auf der Straße verfiel sie wieder in ihren wiegenden Gang. Als sie so durch St. Wolfgang zum Seeufer und zum Bootshafen ging, sahen ihr selbst ältere Herren nach, die ihr Großvater hätten sein können. Am Seeufer sah sie schon von weitem das weiße Motorboot des Mannes liegen, den sie Erika gegenüber als Playboy bezeichnet hatte. Langsam ging Karin an ihm vorbei, stolz und geradeaus sehend, aber aus den Augenwinkeln heraus beobachtete sie das Deck des Bootes. Der Graumelierte saß in einem Korbsessel und blickte zu ihr herüber. Er trug eine weiße Hose und einen weißen, dicken Rollkragenpullover.

Sinnend blieb Karin stehen und sah über den See. Die Sonne verwandelte sich in einen orangeroten Feuerball, der über den Bergen zu schweben schien. Der Wolfgangsee schimmerte violett. Karin beugte sich vor. Eine Entenfamilie schwamm dicht am Ufer vorbei. Aber die Enten interessierten sie wenig; sie bemerkte, daß sich der attraktive Mann aus seinem Korbsessel erhob, sich durch die Haare strich und dann über den Steg an Land kam.

Er kommt zu mir, dachte Karin. Er kommt direkt zu mir. Der schönste Mann von St. Wolfgang kommt zu mir...

Thomas hatte keine Hoffnung, daß Karin wirklich zur »Schönen Aussicht« käme. Trotzdem wartete er. Und dann sah er sie, hübsch gestylt, den Weg heraufkommen. Alles an ihr war vollkommen.

Mut, sagte sich Thomas in diesen Sekunden. Sie hat dich verspottet, weil du nicht küssen könnest. Jetzt willst du es ihr beweisen. Ich werde sie behandeln, wie die Motorradmiezen vom Grüngürtel behandelt werden wollen. Mit Schwung sprang er von der Bank auf und rannte ihr entgegen.

Monika erblickte plötzlich den langaufgeschossenen jungen Mann, der ihr entgegenlief. Nach Karins Schilderungen mußte er es sein. Sie hob die Hand und blieb stehen. »Tom«, sagte sie, »ich soll ausrichten...«

Weiter kam sie nicht. Thomas hatte sie erreicht. Er hatte gar nicht gehört, was sie gerufen hatte. Er sah nur sie, die langen blonden Haare und die großen blauen Augen. Sie hat gesagt, ich könne nicht küssen, dachte er. Sie hat mich verspottet! Nur diesen einen Gedanken hatte er. *Ich* kann nicht küssen? Ich will dir zeigen, daß ich ein Mann bin! Und dann spotte weiter, wenn du es noch kannst! Ohne zu fragen, ohne Monikas abwehrende Hände zu sehen, riß er sie an sich und küßte sie wild.

Nach zwei Sekunden des Schreckens und der Lähmung wehrte sich Monika, stemmte die Fäuste gegen Thomas' Brust, wand sich in seinen Armen und versuchte freizukommen. Mit einem Ruck befreite sie sich schließlich, hob die Hand und knallte Thomas eine Ohrfeige. Ihre Augen sprühten wie glühende Kohlen. »Du tickst wohl nicht richtig! Hast wohl 'ne Schraube locker?«

Als Thomas wieder nach ihr greifen wollte, drehte sie sich um und rannte den Hügel hinunter.

»Karin«, stammelte Thomas und streckte beide Arme nach dem fliehenden Mädchen aus. »Karin, was ist denn?« Taumelnd lief er hinter ihr her. Er verstand die Welt nicht mehr.

3

Thomas holte Monika nicht mehr ein. Dort, wo die schmale Steige zur »Schönen Aussicht« auf die Straße nach St. Wolfgang mündet, blieb er stehen und setzte sich auf einen großen Feldstein. Er starrte Monika nach, die für ihn Karin war, und wieder überfiel ihn große Ratlosigkeit. Was habe ich falsch gemacht? dachte er. Zuerst hat sie mich ausgelacht, weil ich zurückhaltend war, jetzt knallt sie mir eine, weil ich so bin wie die anderen Jungs. Er wußte darauf keine Antwort. Aber er wußte mit Sicherheit eines: Ich habe mich in Karin verliebt, und dieses Gefühl ist wundervoll – trotz der Ohrfeige. Langsam ging er ins Tal zurück und bummelte, die Hände tief in den Hosentaschen, am See entlang. Er umstrich die Pension Sonneck wie ein Löwe seine Beute und hoffte, durch einen Zufall Karin noch einmal zu sehen. Aber sie zeigte sich nirgends. Nur ein paar Mädchen sahen aus einem Fenster im zweiten Stock, lachten, machten Bemerkungen und winkten Thomas zu, als er hinaufblickte. Er zuckte mit den Schultern, brummte: »Blöde Schnepfen!« und ging weiter.

Er kehrte zum See zurück und setzte sich auf eine Bank in der Nähe des Jachthafens. Es wurde langsam dunkel, und auf den weißen Booten glitzerten die Lichter auf. Musikfetzen wehten herüber, Lachen, Mädchenstimmen. So ein Boot einmal haben, dachte er. Heute auf dem Wolfgangsee, nächsten Sommer an der Riviera, dann auf dem Lago Maggiore – was für eine Sause! Aber es bleibt nur ein

Traum. Man müßte Millionär sein, dann hätte man das alles. Aber mein Vater ist Beamter.

Er lehnte sich zurück und hielt die heiße Stirn in den kühlen Abendwind. Er dachte an Karin, und jetzt lächelte er. Ich habe noch nie ein Mädchen gesehen wie sie, dachte er, und – verdammt noch mal! – ich habe sie geküßt. Ich sollte mit mir sehr zufrieden sein.

Mit klopfendem Herzen wartete Karin, bis der Mann mit den grauen Schläfen neben ihr am Ufer stand und sie unverhohlen ansah. Sie tat so, als merke sie das nicht, bückte sich und fütterte die Entenfamilie mit Grashalmen, die sie aus der Uferböschung riß.

»Mit ausgerupftem Gras locken Sie keine Ente herbei«, sagte der Mann neben Karin. Er hatte eine tiefe, warme Stimme. »Hier am See sind die Tiere ebenso verwöhnt wie die Menschen.«

Karin richtete sich auf und lächelte den Mann an. »Schade. Ich mag Enten gern.«

»Ich auch. Gefüllt und gebraten und mit Whiskysoße!«

Karin lachte, ihre blauen Augen glänzten.

»Wir könnten gemeinsam die Enten füttern«, sagte er. »Ich habe eine Menge altes Brot, das fressen sie gern. Wenn ich Sie auf mein Boot einladen dürfte? Dort liegt es. Die Wassertiere kennen mich schon. Sie kommen sofort längsseits, wenn ich Brot ins Wasser werfe.«

»Oh! Das ist Ihr Boot? Ich bewundere es schon seit Tagen. Es ist das schönste Boot auf dem ganzen See.«

»Fast. Graf Hellfeldt hat noch ein schöneres. Sie gestatten: Burger, Ingo Burger.« Er machte eine vollendete Verbeugung und führte Karins Hand kurz an die Lippen.

»Ich heiße Monika Etzel.« Das war wieder eine Gemeinheit, aber Karin hatte nun einmal Lust, auch hier Verwirrung zu stiften.

»Ein schöner Name, Etzel. Das war ein Hunnenkönig. Ein wilder Geselle. Man sollte nicht meinen, daß er so entzückende Nachkommen hat.« Die warme Stimme klang wie Gesang.

Sie war sieggewohnt, das spürte Karin. Sie war gefährlich und regte zum Träumen an. Und doch ließ sich Karin mitziehen von dieser zärtlichen Stimme.

»Gehen wir aufs Boot?« fragte Burger.

Karin nickte. Sie dachte an den Nachbarn in Köln, wie der ihr im Garten aufgelauert und sie geküßt hatte. Er hatte sich benommen wie ein Verrückter, hirnrissige Worte gestammelt und einen roten Kopf bekommen. Sie hatte sich dreimal küssen lassen; beim vierten Mal, als er sie wegziehen wollte, hinter die Büsche, hatte sie ihn kräftig gegen das Schienbein getreten. Stöhnend und keuchend war er daraufhin weggehumpelt.

»Ich wollte schon immer so ein Superboot sehen«, sagte Karin, »aber ich kann nur eine Viertelstunde bleiben, ich werde erwartet.«

Burger ließ Karin über den Steg vorausgehen und betrachtete sie. Ein hübsches Weib, wie alt wird es sein? Na, vielleicht neunzehn.

Karin blieb an Deck stehen und sah sich nach Burger um. »Es ist ja viel größer, als man es vom Ufer aus ahnt«, rief sie, »es hat ja mehrere Kabinen!«

»Einen Salon, eine Küche und drei Schlafzimmer.« Burger kam an Deck und legte den Arm um Karins Schulter.

Burger mixte einen Cocktail, ließ ihn über Eis laufen und servierte ihn Karin. Sie saßen nicht draußen unter dem

Sonnensegel, sondern in der Salonkabine und hatten sogar die Vorhänge zugezogen.

»Abends kommen immer Millionen Mücken und Schnaken vom Wasser«, erklärte Burger, »und ich möchte nicht, daß Sie gestochen werden.« Er beugte sich über Karins Schulter und küßte ihre Halsbeuge.

»Lassen Sie das!« sagte Karin laut. Aber es klang so, als sage sie es aus Gewohnheit und meine es nicht ernst. »Wir wollten doch die Enten füttern.«

»Die schlafen jetzt.« Burger lachte. Er setzte sich neben Karin auf die weiche Couch und stieß mit seinem Glas bei ihr an. »Prost, Monika, wie gefällt es Ihnen an Bord?« Er tätschelte ihren Arm und strich ihr über den Rücken.

»Gut.«

»Morgen fahren wir nach St. Gilgen, der Länge nach durch den See. Ich habe in St. Gilgen eine Hütte.«

»Das werden wir wohl nicht machen.« Karin versuchte aufzustehen. Aber die Hand Burgers auf ihrer Schulter hielt sie fest. »Ich möchte jetzt gehen«, sagte sie.

»Nun laß das!« Burger kam näher. »Das Spielchen wird langweilig, wenn's zu lange geht. Du wolltest doch an Bord.«

»Na und?«

»Du hast die ganze Zeit gewartet, daß ich komme. Du hast Blickkontakt aufgenommen.«

»Ja.«

»Na also! Jetzt sind wir ehrlich. Du bist genau der Typ, der einem den Urlaub vergolden kann. Komm, gib mir einen Kuß!«

Mit einem Satz sprang Karin auf und stieß Burger weg, der nach ihr griff. Sie rannte zur Tür, aber die war verschlossen.

Mit einem Satz war Burger bei ihr und riß sie an sich. »Du verdammte Krabbe«, keuchte er, »du spielst das aber verteufelt gut! Du verdrehst einem den Kopf.« Er versuchte, sie zu küssen, aber Karin boxte ihn gegen die Brust und trat um sich.

»Machen Sie die Tür auf!« schrie sie. »Sofort! Ich schreie! Ich rufe die Polizei!«

Burger lehnte sich schwer atmend an die dunkle Mahagoniwand der Luxuskabine.

»Lassen Sie mich raus! Sofort!« Karin trommelte mit den Fäusten gegen die schwere Tür. »Ich ... ich schreie!« drohte sie wütend.

Burger schloß die Tür auf. In vier großen Sätzen war Karin die steile Treppe hinaufgesprungen und stand auf Deck. Die warme Nacht lag über dem Wolfgangsee. Von anderen Booten klang Musik herüber. Das Seeufer von St. Wolfgang war bunt beleuchtet. Dort gab es heute abend ein Sommerfest.

Tief atmete Karin die reine Luft ein und rannte dann weiter zum Steg, der an Land führte.

Burger blieb am Eingang zur Kabinentreppe stehen. »Ich hätte dir rechts und links ein paar runterhauen sollen!« rief er böse. »So ein Theater zu machen! Warum bist du denn mitgekommen?«

Karin lief an Land, und sie drehte sich nicht mehr um, als sie mit zerzaustem Haar weiterrannte und mit jedem Meter froh war, von dem Boot wegzukommen.

Auf einer Bank saß erstarrt Thomas. Zunächst begriff er nicht, daß das Mädchen, das da von Bord der Luxusjacht rannte, Karin sein sollte. Aber dann gab es kein Verwechseln mehr – das Outfit, die Haare, das war Karin. Mit einem Satz sprang er auf und sah ihr nach, dann wandte er sich zum Ufer und erkannte im Schatten der Aufbauten den Mann mit den grauen Schläfen, der sich mit beiden Händen die Haare glattstrich. »Ich werde Sie anzeigen!« rief er zum Boot hinüber. »Ich habe alles gesehen! Ich werde die Polizei rufen!«

»Hau ab, du Rotzjunge!« schrie der Mann zurück.

Thomas überlegte nicht lange, er warf sich herum und rannte Karin nach. Ich zeige ihn an, dachte er dabei zornig. Wenn er Karin angefaßt hat... Ich zeige ihn an! Diese alten, verdammten Playboys!

Burger kam ahnungsvoll allem zuvor. Er legte zehn Minuten später vom Ufer ab und rauschte nach St. Gilgen zurück.

In Köln hatte sich Lucia von ihrem Sohn Peter getrennt. Es war nicht anders möglich, da Peter am Abend nach seiner Beobachtung vom Ast der Kastanie zu seiner Mutter sagte: »Du, Mutti, der Beljonow ist dick und doof! Ich verstehe nicht, wie du Papi mit *dem* betrügen kannst!«

Lucia starrte ihn fassungslos an. Sie konnte ihren Schrecken nur mühsam verbergen. »Du meinst... Du hast...«, stotterte sie, dann ließ sie sich auf einen der umherstehenden Sessel fallen, angelte mit zitternden Händen nach einer Zigarette und zündete sie an. Nach ein paar tiefen Zügen konnte sie wieder einigermaßen ruhig sprechen. »Also so ist das«, sagte sie, »du spionierst mir nach! Aber was verstehst du schon von meinem Leben?«

»Ich sehe, was ich sehe«, antwortete Peter trotzig.

»Und damit hat es nun ein Ende, denn ich stecke dich in ein Ferieninternat; so einfach ist das, ich hatte das nämlich schon lange vor!«

»Das kannst du doch nicht machen!«

»Und ob ich das kann!« Mit einem Ruck stand sie auf, wählte die Nummer ihrer Freundin, deren Sohn ein renommiertes Internat im Schwarzwald besuchte, erzählte ihr in wenigen Sätzen, was sie vorhatte, und ließ sich die Telefonnummer des Internats gehen. Noch am gleichen Tag meldete sie Peter dort an, und zu seinem Kummer war ein Platz für ihn frei.

Ob Peter wollte oder nicht, schon am darauffolgenden Wochenende wurde er von seiner Mutter im Internat abgeliefert. »Ich weiß schon, warum ich hier bin!« sagte er düster, als seine Mutter wieder abfuhr. Er stand vor dem Internatstor – das Gebäude war ein Schloß – und winkte seiner Mutter nicht nach, obwohl sie zum Abschied mehrmals hupte. Eine Schar gleichaltriger und älterer Jungen stand um ihn herum. »Ich soll nicht sehen, wie sie mit ihrem Jugendfreund knutscht.«

»Sie ist aber auch eine tolle Frau, deine Mutter«, sagte ein Junge, der vier Jahre älter war als Peter. Er war ganz rot geworden, als Lucia ihm die Hand gereicht hatte. »Wenn ich drei Jahre älter wäre...«

»Blödmann!« Peter ging r [illegible] ;esenktem Kopf in den Schloßhof zurück. Was sie nur alle mit Mutti haben! dachte er.

»Warum schreibst du deinem Vater nicht und schenkst ihm reinen Wein ein?« schlug ein Junge vor, der sich neben Peter auf eine Bank setzte.

»Wohin denn? Ich weiß doch gar nicht, wo er ist. Ich kann doch nicht schreiben: Herrn Ludwig Etzel, Skandinavien. Mal ist er in Dänemark, dann in Schweden. Ja, wenn ich wüßte, wo mein Vater ist, dann würde ich ihm schreiben, was mit meiner Alten und dem fetten Beljonow los ist!«

Lucia, nun allein in ihrem eleganten Sportwagen, fühlte sich nicht wohl. Was ist mit mir los? dachte sie. Wieso gehe ich auch hier mal wieder den bequemsten Weg und entledige mich aller Probleme, indem ich sie gewaltsam abschüttele? Hätte ich Peter nicht wenigstens eine Chance geben und mit ihm reden müssen? Er ist mein Jüngster, ich liebe ihn doch; und nun habe ich ihn einfach abgegeben wie ein Gepäckstück... Hör auf nachzudenken, befahl sie sich schließlich, genieße dein Leben und überlasse es anderen, sentimental zu sein! Dieses Wochenende gehörte zum Beispiel Henk Beljonow; sie hatten sich im Restaurant eines Schwarzwaldhotels verabredet.

Henk saß schon auf der Terrasse und lauschte auf das Plätschern des Wildbaches, der durch den Park floß, als Lucias Wagen vor dem Hotel vorfuhr. Er lief ihr entgegen, umarmte und küßte sie und benahm sich wie ein Ehemann, der sehnsüchtig auf seine Frau gewartet hat. »Wann läßt du dich scheiden?« fragte er unvermittelt. »Warum hast du nicht den Mut?«

»Dazu gehört kein Mut, Henk.«

»Dann tu es.«

»Und die Kinder?«

»Sie sind groß genug, um weiterhin vom Personal erzogen zu werden. Jetzt ist es ja nicht anders.«

»Du bist unhöflich, mein Lieber.«

»So geht es nicht weiter!« Beljonow warf sich in das hohe Gras. Er gab sich gekonnt dramatisch wie auf der Bühne.

Auf Lucia machte es keinen Eindruck. Sie war keine romantische Natur. Sie liebte Beljonow nicht wegen seiner schönen Stimme, und sein Bauch war auch nicht gerade anziehend. Ihr Mann ließ sie so viel allein, und es war bequem mit Beljonow. Sie rächte sich mit diesem Betrug: Siehst du, das hast du nun davon, wenn du dich mit deinem Beruf mehr verheiratet fühlst als mit mir. Dir bedeutet ein Hochhaus, das du baust, mehr als ein glückliches Lächeln im Gesicht deiner Frau! »Warum soll es so nicht weitergehen?« fragte sie jetzt.

»Noch zwei Wochen! Dann kommen die Mädchen zurück. Dann ist der Bengel auch wieder da. Ich will dich aber allein, Lucia.«

»Mein Mann wird nicht da sein – das ist das Wichtigste. Er wird bis Weihnachten im Norden bleiben.«

»Ludwig war immer ein Streber. Was hat er nun davon?«

»Er ist Millionär.«

»Und seine Frau hat einen Freund.«

»Das merkt er nicht.« Lucia lachte bitter. »Aber er merkt, wenn in einem seiner Neubauten die Wand des Eßzimmers schlecht verputzt ist oder die Treppe einen falschen Winkel hat! Ach, laß uns nicht darüber sprechen, wir haben jetzt zwei Tage ganz für uns!«

Am Abend dieses Tages, als Lucia und Beljonow an einem Tisch zwischen hohen Büschen und Lampions eine Flasche Champagner tranken, hockte Peter auf einer der Toiletten des Internats und betrachtete eine alte, zerknitterte Autokarte, die er mitgenommen hatte. Hier sind wir, dachte er und legte den Zeigefinger auf einen Punkt des Schwarzwaldes. Und hier liegt St. Wolfgang, wo Karin und Monika sind! Das ist ganz schön weit weg. Aber wenn man sich an die Autobahn stellt und trampt, dann kann das schon gelingen. Ein dämlicher Umweg! Zurück nach Heidelberg und dann sehen, daß man auf die Autobahn nach München kommt. Von dort Richtung Salzburg, und dann ist es nicht mehr weit. Man muß nur Glück haben und nette Autofahrer, die einen mitnehmen. Er faltete die zerschlissene Autokarte zusammen und steckte sie vorne zwischen Hemd und Brust.

An der Toilettentür rappelte jemand. »Aufmachen! Oder biste eingeschlafen? Andere wollen auch mal!«

Wortlos ging Peter zu seinem Schlafsaal zurück, kroch unter die Decke und legte die Hände auf die Brust.

Die Karte knisterte. Komm mit, knisterte sie, hau ab!

Keiner will dich haben, dachte Peter. Papi ist nie zu Hause, und Mutti hat einen Macker, der sie abknutscht. Du hast nur noch Karin und Monika. Sie verstehen dich. Wenn wir drei fest zusammenhalten, werden wir erwachsen, auch ohne Eltern. In Peters Augen brannte es. Er war traurig und wütend zugleich. Es ist so schwer, einfach in die Welt zu gehen.

Einen ganzen Tag streifte Peter still umher, ritt einmal, spielte Federball, schwamm im Swimmingpool, aß wenig. Ein lieber, stiller, guterzogener Junge, dachten die Erzieher. Am Abend studierte er wieder die alte Autokarte.

Am nächsten Morgen war Peters Bett leer. Niemand hatte ihn in der Nacht weggehen sehen.

Im »Kral«, der Pension Sonneck, wartete Studienrat Dr. Hembach auf die letzten seiner Schutzbefohlenen. Die Gruppe, die ein Stück am See spazierengegangen war und das Feuerwerk des Seefestes bewundert hatte, war schon im Haus, es fehlten nur noch die Kinogänger. Erst wenn alle Mädchen in der Pension waren, ging Dr. Hembach zu Bett. Er kontrollierte selbst, ob die Tür abgeschlossen war. Mit Mädchen in diesem Alter hatte er schon die tollsten Erfahrungen gemacht. Mit einer zehnten Klasse hatte er eine Studienfahrt nach England gemacht. Dreimal mußte er junge Burschen aus dem Efeu an der Schloßmauer holen, wo sie versucht hatten, zu den Fenstern der Mädchenzimmer hochzuklettern.

Zuerst, allein, traf Monika Etzel ein. Sie grüßte und ging zur Treppe. Dr. Hembach sah von seiner Zeitung hoch; er saß in der Diele und trank eine Karaffe Gumpoldskirchner, um sich das Warten angenehmer zu vertreiben. »Wo waren Sie?« fragte er.

»Im Kino, Herr Doktor.« Monika hatte es eilig, die Treppe hinaufzukommen. Dr. Hembach blickte ihr nach. Sie ist ein wenig verstört, dachte er. Was wurde denn überhaupt im Kino gespielt? Er drehte die Zeitung um und überflog die Kinoanzeigen. Ein Musikfilm, okay.

Er stand auf und ging in die Küche, um sich ein Hörnchen geben zu lassen. Als er in die Halle zurückkam, sah er gerade Karin auf der Treppe. Er hielt sie für Monika. Ihre Haare waren durcheinander, ihr Atem flog. Sie muß schnell gelaufen sein, dachte er. »Haben Sie etwas vergessen, Monika?« fragte er und setzte sich zu seinem Wein.

»Nein!« erwiderte Karin geistesgegenwärtig. »Aber Erika hatte ihre Schuhe im Sportraum. Ich habe sie ihr geholt, sie konnte nämlich nicht – sie steht unter der Brause.«

Dr. Hembach nickte. »Wissen Sie, wo Ihre Schwester ist?«

»Karin? Im Kino«, meinte Karin unbefangen.

»Das ist doch jetzt längst aus!«

»Vielleicht bummelt sie noch etwas?«

»Unpünktlichkeit werde ich ihr abgewöhnen. Mit Ihrer Schwester hat man dauernd Zoff, Monika. Sie sind ganz anders.«

»Ich bin auch eine halbe Stunde jünger – schon damals hat sich Karin immer vorgedrängt!« Sie lachte und lief die Treppe hinauf.

Um Mitternacht saß Dr. Hembach noch immer in der Halle. Er war nervös, rauchte hastig und sah immer wieder auf die Uhr. Was er befürchtet hatte, war eingetreten: Karin Etzel war nicht nach Hause gekommen! Was tun? fragte er sich. Ich kann nicht die Polizei anrufen, das gäbe einen Skandal. Aber ich kann auch nicht untätig hier herumsitzen. Aber soll ich durch St. Wolfgang rennen und alle Lokale inspizieren? Soll ich die Büsche am Seeufer absuchen? Bei diesem Gedanken stockte ihm das Herz. O Gott, dachte er, wie soll ich das je verantworten?

Er unternahm einen Versuch, nur um sich zu sagen, daß er nichts unterlassen hatte, obgleich er diesen Versuch für sinnlos hielt: Er ging von Zimmer zu Zimmer, öffnete die Türen einen Spalt und sah hinein. In den Betten lagen die Mädchen und schliefen. Ein Duft von Parfüm wehte aus jedem Zimmer. Dr. Hembach lief weiter. Jedes Bett belegt! Keine fehlte. Nur bei Zimmer 11, da würde ein Bett leer sein. Mit einem Seufzer öffnete er die Tür von Nummer 11. Und dann blieb er überrascht stehen: Kein leeres Bett! An der Wand, hintereinander, zwei hübsche Mädchenköpfe mit aufgelösten, langen blonden Haaren. Er trat in das halbdunkle Zimmer. Mondschein fiel schräg durch das offene Fenster. Ganz leise hörte man das Plätschern des Sees. Ich kann mich doch nicht geirrt haben, dachte er. Nur *ein* Etzel-Mädchen ist nach Hause gekommen! Wie kommt Karin jetzt ins Bett? Das werden wir morgen untersuchen! Er trat an die beiden Betten und sah auf den ersten blonden Mädchenkopf hinab. Es war Karin.

»Können Sie auch nicht schlafen?« flüsterte sie.

Dr. Hembach zuckte zusammen.

»Das macht der Mond. Man träumt mit offenen Augen...«

»Dann machen Sie die Augen zu!« sagte der Lehrer heiser. Er sah an dem langen Bein vorbei, das Karin aus dem Bett in den Mondschein streckte. »Wo waren Sie?«

»Im Kino.«

»Schlafen Sie jetzt.« Leise verließ er das Zimmer und schloß die Tür. Gott sei Dank, dachte er, sie sind alle da!

In dieser Nacht stand Peter an der Autobahn und winkte den wenigen Autos zu, die an ihm vorbeirasten. Schließlich hielt ein dicker Lastzug vor ihm auf dem Parkstreifen.

Der Fernfahrer beugte sich aus seiner Kabine. »Wohin?«

»Zur Abzweigung nach München!« rief Peter. Er nahm seine Tasche und rannte auf den Lastzug zu.

»Um diese Zeit? Wer läßt dich überhaupt so reisen? Wenn dich die Polizei sieht, bist du fällig!«

»Die Polizei kann mir nichts!« Peter lachte den Fernfahrer an. »Ich gehöre zu den Pfadfindern. Wir machen immer solche Touren. Wir dürfen das!«

»Steig ein!«

Die Tür des großen Wagens klappte auf. Peter stieg die hohen Stufen hinauf und setzte sich auf das breite Kunstlederpolster.

Der Fernfahrer sah ihn kritisch an. »Wie alt biste denn?«

»Vierzehn!« log Peter.

Dann fuhr der Lastzug an, schwenkte zurück auf die Autobahn und brauste nach Norden. Die erste Etappe war geschafft. Das große Abenteuer begann...

4

In der Nacht wachte Dr. Hembach plötzlich auf. Ein Blick auf die abgeschnallte Armbanduhr zeigte ihm, daß er knapp eine Stunde geschlafen hatte. Er sprang aus dem Bett und trat ans Fenster, um Luft zu schnappen. Gerade, als er sich eine Zigarette anzünden wollte, bemerkte er einen Schatten im Garten. Die Erinnerung an England kam in ihm hoch; er trat schnell vom Fenster weg, zog sich seinen Jogginganzug an und lief auf Zehenspitzen die Treppe hinunter, schloß die Tür auf und rannte dann in großen Sätzen durch den Garten.

Der Schatten vor ihm fuhr auf und flüchtete. Es war eine lange, dürre Gestalt, aber sie konnte rennen wie ein Reh. Dr. Hembach war ein guter Sportler. Er hatte immer gut laufen können, und auch jetzt setzte er dem Schatten nach und erreichte ihn an der Hecke. »Halt!« rief er gedämpft, um die Mädchen hinter den offenen Fenstern nicht zu wecken. »Bleiben Sie stehen, das ist eine Rotdornhecke, Sie verletzen sich.«

Der Mann blieb stehen. Der Schatten der Hecke verbarg sein Gesicht. Einen Augenblick sah Dr. Hembach nur, daß es ein verzerrtes, junges Gesicht war, voll Angst. Aha, dachte er, ein junger Mann! Natürlich! Und hinter mir schlafen achtzehn junge, hübsche Mädchen. Er hob die Hand, um etwas zu sagen, als aus dem Schatten heraus eine Faust fuhr. Es war eine verzweifelte Tat. Es war die letzte Möglichkeit, die Katastrophe abzuwenden. In diese Faust lief Dr. Hembach hinein, genau mit dem Kinn. Lautlos fiel er um und rollte auf den Weg.

Über ihn hinweg sprang Thomas Andau zum Eingangstor und rannte mit rudernden Armen und flatterndem Jackett davon. Was habe ich getan? fragte er sich. Ich habe einen Menschen niedergeschlagen! Himmel, wenn das jemand herausbekommt! Er rannte wie ein Irrer zu den Bergen und wußte nicht, ob er erkannt worden war. In diesen Minuten wünschte er sich, Karin nie gesehen zu haben. Aber es war ein Gedanke, der weh tat.

Im Garten der Pension Sonneck erhob sich Dr. Hembach aus dem Staub, tastete über sein Kinn und schwankte ins Haus zurück. In der dunklen Diele blieb er überrascht stehen und geriet zum ersten Mal aus der Fassung. Er fühlte sich überrumpelt und wußte nicht, wie er jetzt reagieren sollte: Auf der Treppe stand Karin, in einen Bademantel gehüllt. Im Mondschein leuchtete ihr Haar silbern.

»Ist etwas passiert, Herr Doktor?« fragte sie leise. »Ich hörte Sie im Garten rufen, ich . . .« Sie knipste das Licht an.

In der erbarmungslosen Helle der Lampen stand der Studienrat, mit seinem staubigen Jogginganzug bekleidet. Sein Kinn war rot und schwoll an. Von seinem Knie lief Blut. Karin stieß einen kleinen Schrei aus und eilte auf ihn zu.

»Es ist nichts, ich bin nur gestolpert. Ich hab' im Garten ein Geräusch gehört und dachte . . .« Dr. Hembach setzte sich auf einen Stuhl und streckte die Beine vor.

Karin kniete vor ihm nieder und tastete die aufgeschürfte Stelle am Knie ab. Ihre schönen blauen Augen blickten ernst und gar nicht mehr kindlich, wie der Lehrer betroffen feststellte. Es war überhaupt eine blöde Situation: Mitten in der Nacht kam er zerschlagen ins Haus und traf auf eine notdürftig bekleidete, ziemlich erwachsene Schülerin.

»Sie haben sich verletzt, Herr Doktor?« fragte Karin. »Ich habe mich so erschrocken.«

Dr. Hembach sah auf Karin hinunter, die mit einem Taschentuch, das sie aus dem Bademantel gezogen hatte, das Blut abtupfte. Ihre Haare flossen über ihre Schultern. Dr. Hembach hob den Kopf und starrte an die Decke.

»Ich hole sofort ein Pflaster, Herr Doktor«, sagte Karin. »Ich habe alles bei mir, ich bin sofort wieder zurück.«

»Sie haben so etwas bei sich?«

»Ja.« Karin erhob sich aus der Hocke und zog ihren Bademantel mit einem charmanten Lächeln zusammen. »Ich habe einen Kurs in Erster Hilfe mitgemacht. Beim Roten Kreuz in Köln, das wurde von der Jugendgruppe unserer Pfarrei organisiert.«

»Sehr vernünftig.« Dr. Hembach tastete über sein geschwollenes Kinn. »Wer sind Sie eigentlich? Karin oder Monika?«

»Karin, Herr Doktor.« Sie lächelte ihn süß an. »Ich werde Monika sagen, daß wir unsere Namensbroschen auch auf dem Bademantel tragen sollen.«

»Holen Sie das Pflaster«, sagte Dr. Hembach rauh, »und dann gehen Sie ins Bett und schlafen endlich.«

Karin rannte davon, und wenig später trug Dr. Hembach auf dem linken Knie ein großes Pflaster. Im Hause schlief alles fest. Karin nickte Dr. Hembach zu und hielt mit beiden Händen den Bademantel zusammen.

»Sie waren auch im Kino?« fragte Dr. Hembach.

»Ja. Sie können Monika danach fragen, wir haben nebeneinander gesessen.«

»Und Sie haben nichts mit dem jungen Mann zu tun, der nachts hier ums Haus schleicht?«

»Welcher junge Mann?« fragte Karin mit Unschuldsmiene. »Schleicht hier jemand rum?«

»Gehen Sie endlich schlafen!« Dr. Hembach wandte sich ab. »Ich werde den Fall morgen genau untersuchen.«

Noch lange stand Karin in der Dunkelheit am offenen Fenster und sah in die Nacht hinaus, zu den Bergen und Wäldern und zu der im Mondschein silbern glitzernden Fläche des Wolfgangsees. Dr. Hembach ist ein netter Mann, dachte sie. Er ist viel netter als alle Männer, die ich bisher gekannt habe. Aber er ist Lehrer. Mein Kursleiter. Warum muß gerade so ein Mann ein Pauker sein?

Auch Dr. Hembach fand in dieser Nacht keinen Schlaf. Er zündete sich eine Zigarette nach der anderen an, wanderte unruhig in seinem Zimmer hin und her und versuchte, seine aufgewirbelten Gefühle zu besänftigen. Diese Karin Etzel hatte es fertiggebracht, ihn zu verwirren; dabei war sie eine alberne und unreife Tussi, und er war ihr Lehrer. So etwas durfte nicht sein, er mußte sich mit aller Kraft gegen solche Verstrickungen wehren; sie würden ihm beruflich große Schwierigkeiten bringen, ihn bei Vorgesetzten und Kollegen sein Prestige kosten und bei den Schülerinnen seine Autorität.

Es hätte ihm niemals passieren dürfen, so jung wie er war, an einer Mädchenschule zu landen! Aber nun ließ sich nichts mehr ändern. Er ganz allein hatte darauf zu achten, daß alles in korrekten Bahnen verlief und ihm keinerlei Verfehlung nachgewiesen werden konnte. Aber – verdammt – diese bildschöne, verführerische Karin Etzel...

Hastig zerdrückte er im Aschenbecher die Zigarette, die er zu rauchen begonnen hatte, ging leise aus dem Zimmer, lief die Treppe hinab und verließ das Haus. Er mußte über sich selbst lächeln. Sicher brauche ich Abkühlung, sagte er sich, woher aber nehmen an einem so warmen Sommerabend? Ohne sich ein Ziel zu setzen, wanderte er durch die Straßen, auf denen sich trotz des späten Abends noch hellwaches Leben tummelte, ging zum Wasser, auf dessen leichten Wellen die Boote schwappten, suchte sich einen abgelegenen Winkel und setzte sich dort auf ein Mäuerchen. Auch hier, am Bootshafen, spielte sich heute nacht das Leben im Freien ab. Von den nahen Booten hörte er Stimmen und Gelächter, von den ferneren Jachten wehten Melodien herüber; überall leuchteten Ketten von bunten Glühbirnen. Erneut zündete er sich eine Zigarette an, und schon bei den ersten Zügen spürte er, wie sich langsam wieder Ruhe und Gelassenheit in ihm ausbreiteten. So ist's recht, alter Hase, dachte er zufrieden, du wirst dich doch nicht so leicht in die Knie zwingen lassen; auch dann nicht, wenn Karin Etzel exakt der gleiche Typ ist wie Susanne...

Susanne war seine Exfreundin, mit der er während des Studiums zusammengelebt hatte, bis sie ihn plötzlich wegen einer neuen Liebe verließ, von heute auf morgen, ohne Vorwarnung. Damals, von Enttäuschung, Trostlosigkeit und ohnmächtiger Wut gleichermaßen in die Zange genommen, glaubte er, das Glück seines Lebens sei ein für allemal verflogen. Er konzentrierte sich nur noch auf seine Arbeit, schaute nicht nach rechts oder links und vermied jede Gelegenheit, die zu einer neuen Beziehung hätte führen können. Bis heute hatte er durchgehalten – und nun kam so eine Schülerin...

Gedankenverloren erhob er sich, und während er vorhin im Eilschritt durch die Straßen gegangen war, schlenderte er jetzt langsam am See entlang, ziellos, ohne nach der Uhr zu schauen und ohne sich irgendwelche quälenden Fragen zu stellen, auf die es im Augenblick keine Antwort gab.

Peter hatte in dieser Nacht viel Glück. An der Abzweigung der Münchner Autobahn stand er keine zehn Minuten, als ein schnittiger Sportwagen hielt, bei dessen Anblick Peter durch die Zähne pfiff. Das große Abenteuer wurde immer größer.

Der Mann am Steuer, eine Schirmmütze auf dem Kopf, ließ die elektrisch betriebene Scheibe herunterschnurren. »Wohin?« fragte er knapp.

»Nach München und dann weiter zum Wolfgangsee.« Peter trat an den Sportwagen heran. »Ein Superwagen!« sagte er fachkundig. »Können Sie mich mitnehmen?«

»Wie kommst du überhaupt um diese Zeit auf die Straße?«

»Pfadfinder. Es geht um einen Auftrag. Ich muß in zwei Tagen per Anhalter am Wolfgangsee sein. Wir machen immer solche Mutproben, müssen Sie wissen.«

Die große Wagentür klappte auf. »Steig ein«, forderte der Mann mit der Schirmmütze Peter auf, »du hast Glück, ich fahre bis Salzburg.«

»Super!« Peter setzte sich auf die Lederpolster und beobachtete die Instrumente, als der Wagen wieder auf die Autobahn schoß. Tourenzähler, Öldruck, Tachometer, Benzinmesser, Temperatur... Draußen flog die Landschaft vorbei. Die Bäume verloren alle Konturen, der Wald wurde zu einer schwarzen Wand.

»Oh, schon zweihundertzwanzig«, stellte Peter fest. »Wie schnell fährt er denn wirklich?«

»An die dreihundert«, sagte der Mann hinter dem Steuer. Er saß da wie ein Rennfahrer, die Hände mit den an den Knöcheln offenen Handschuhen umklammerten das Steuerrad. »Wo kommst du her?«

»Aus Köln.«

»Und deine Eltern?«

»Mein Vater ist ein berühmter Architekt. Ludwig Etzel. Kennen Sie ihn?«

»Nein.«

»Er hat eine Reihe Kaufhäuser gebaut. Und Krankenhäuser.«

»Ach.«

Peter starrte auf die Tachonadel. 260 – die Welt bestand nur noch aus Streifen. Sein Herz schlug bis zum Hals. Wenn ich das in der Schule erzähle, dachte er, wenn ich denen sage, daß ich in einem Maserati gefahren bin, platzen alle! Mit diesem Gedanken schlief er ein. Er rutschte in den Lederpolstern nach vorn und träumte, daß der Wagen plötzlich Flügel bekäme und sie über München und den Wolfgangsee flögen und alle Menschen ihnen zuwinkten.

Als er aufwachte, war es heller Tag. Sie fuhren nicht mehr auf der Autobahn, sondern über eine schmale Landstraße. Und sie waren mitten in den Bergen. »Wo sind wir?« fragte Peter und räkelte sich.

»Guten Morgen, junger Freund.« Der Fahrer sah ihn kurz an. Graue, kalte Augen. Ein scharfgeschnittenes Gesicht.

Wie ein Geier sieht er aus, dachte Peter. »Geht es hier nach St. Wolfgang?« fragte er.

»Nein, ins Engadin.«

»Aber ich wollte doch –«

»Wir haben die Route geändert, auch im Engadin ist es schön.«

»Aber ich muß doch –«, rief Peter.

»Sei still!« Plötzlich war die Stimme hart.

Peter zuckte zusammen.

»Wohin wir fahren, bestimme ich!«

Peter hob die Schultern und kroch in dem Lederpolster zusammen. Er hatte Angst, fürchterliche Angst, und er beschloß, laut zu schreien, sobald er irgendwo Menschen auf der Straße sah.

In dem Internat im Schwarzwald war die Hölle los. Der Internatsleiter stand fassungslos vor dem leeren Bett. Dann verhörte er die Stubenkameraden Peters. Keiner hatte etwas bemerkt.

Nur der dicke Eberhard, ein Junge aus dem Münsterland, wußte etwas. »Er hat eine Mutter, die einen Freund hat«, erklärte er.

Der Internatsleiter nahm daraufhin Eberhard mit in sein Zimmer und setzte dort die Befragung fort. Er erfuhr nur so viel, daß Peter wegen dieses Mannes, der ein Sänger sein sollte, in den Schwarzwald gebracht worden war.

»Sein Vater ist in Dänemark«, erklärte Eberhard. »Vielleicht ist er zu ihm?«

Es erwies sich als unmöglich, Frau Etzel von dem Verschwinden ihres Sohnes zu benachrichtigen.

In Köln war nur eine Hausgehilfin am Apparat. »Ich weiß nicht, wann meine Chefin zurückkommt. Vielleicht macht sie auch Urlaub. Und wo sie hin ist, weiß ich auch nicht.«

»Und Herr Etzel?« rief der Internatsleiter verzweifelt.

»Ist irgendwo im Norden. Wo, weiß ich auch nicht.«

»Dann ist also von der Familie Etzel niemand zu erreichen?«

»Im Augenblick nicht.«

»Das sind ja schöne Zustände«, fauchte der Internatsleiter, nachdem er den Hörer aufgelegt hatte. «Da können Kinder verschwinden, und keiner kümmert sich darum! Bleibt nur eins: die Polizei.«

Aber auch die Polizei war ratlos. Ausreißer kann man einfangen, das ist alles. Aber wenn jemand durch die Lande trampt, kann man nicht sofort den riesigen Polizeiapparat in Bewegung setzen. Man kann nicht gleich den Rundfunk und das Fernsehen einsetzen und auch keine Plakate drucken lassen. Man kann nur die Straßen kontrollieren und alle Fahrer von Streifenwagen beauftragen: Guckt euch einen Jungen an, der herumstrolcht, Richtung Dänemark.

»Ja, wenn er entführt worden wäre«, sagte der Kommissar zu dem Internatsleiter, »dann könnten wir alles alarmieren. Das wäre ein Verbrechen. Aber so ist er ja bloß ausgerissen!«

»Und wenn ihm dabei etwas passiert?« rief der Internatsleiter.

»Ja, dann können wir etwas tun.«

Es begann eine Suche auf den Straßen und Autobahnen vom Schwarzwald bis nach Flensburg. Die Landpolizeistationen bekamen eine Beschreibung von Peter. In den nächsten zwei Tagen kontrollierte man ungefähr dreihundert Jungen, die von Streifenwagen irgendwo allein auf der Straße angetroffen wurden. Meistens gehörten sie zu den nahegelegenen Dörfern, kamen aus der Schule, abends aus der Disco oder von der Freundin.

Vom Schwarzwald aus nach Süden wurde nicht kontrolliert. Es hätte auch keinen Sinn mehr gehabt, denn der schnittige Sportwagen hatte in der Nacht schon die Grenze passiert, während Peter schlief. Der Zollbeamte in Deutschland und der in Österreich blickten kurz auf den schlafenden Jungen und winkten ab, als der Mann am Steuer in den Taschen Peters nach dessen Kennkarte suchen wollte.

»Lassen Sie«, sagten die Zöllner, »er schläft so schön.«

»Mein Sohn – aber wenn Sie seinen Ausweis sehen müssen –«

»Lassen Sie ihn schlafen. Gute Fahrt!«

»Danke!« Der Mann mit der Schirmmütze grüßte, lächelte dankbar und streichelte dem schlafenden Peter über die Haare. Ein liebevoller Vater. Dann brauste er weiter in die Berge hinein.

Das war vor einigen Stunden gewesen.

Nun fuhren sie durch einsames Land, und kein Mensch begegnete ihnen, der Peter hätte hören können, wenn er um Hilfe schrie. »Wo bringen Sie mich hin?« fragte er angstvoll. Das schöne Auto, die Lederpolster, das große Abenteuer interessierten ihn nicht mehr. Er dachte an die Worte, die ihm sein Vater oft genug gesagt hatte: »Gehe nie mit fremden Menschen mit! Wenn ein Unbekannter zu dir sagt, du sollst mitkommen, dann lauf weg.« Und er hatte es genau umgekehrt gemacht. Er hatte sich nachts an die Autobahn gestellt und dem Unbekannten zugewunken, ihn mitzunehmen. Alles nur wegen Beljonow, dachte Peter. Seine Augen füllten sich mit Tränen. Er hat Mutti geküßt. Und weil ich es gesehen habe, haben sie mich im Internat eingesperrt. Oh, wenn das Papi wüßte! Wo ist er nur? »Was wollen Sie mit mir tun?« fragte er.

Der Mann mit der Schirmmütze sah kurz zur Seite. Sie fuhren jetzt über eine holprige Straße. »Ich habe ein schönes Haus in den Bergen«, antwortete er, »dort werden wir einige Zeit wohnen.«

»Die Polizei wird mich suchen!« rief Peter mit letztem Mut.

Der Mann lachte leise. »Das kann sie!« Er fuhr langsamer, der Wagen hüpfte über dicke Steine. »Ich habe ein Haus in den Felsen. Dort sucht uns niemand.«

In St. Wolfgang las Dr. Hembach seinen Schülerinnen die Leviten. Er hatte sie nach dem Frühstück im Aufenthaltsraum versammelt und verlangte zu wissen, wer von den Mädchen sich mit diesem Schlägertypen verabredet hatte.

Es war eine sehr merkwürdige Gardinenpredigt. Mit Mienen voller Mitleid saßen die Mädchen im Halbkreis um ihren Lehrer und sahen auf sein dickgeschwollenes rotes Kinn. Von der Wunde am Knie wußte nur Karin etwas, und sie schwieg über die nächtliche Szene. Dr. Hembach hatte schon große Befürchtungen gehabt, daß sie es den anderen erzählen würde, aber nun sah er, daß Karin geschwiegen hatte. Darüber war er sehr erleichtert, aber die Mitleidsblicke störten ihn. Wenn sie könnten, würden sie mich alle streicheln, dachte er. Er sah sie der Reihe nach an und fand, daß es eigentlich viele hübsche Mädchen in seinem Kurs gab, oder besser: junge Frauen, unbefangen, selbstsicher und mit Vorstellungen, die weder im Lateinbuch standen noch in einer mathematischen Formel. Trotzdem mußten auch sie sich an gewisse Regeln halten. »Ich möchte Ihnen sagen, meine Damen: Richten Sie Ihren Romeos aus, daß hier keine Balkonszenen gespielt werden! Kommt das noch einmal vor, breche ich das

Sommerlager ab und bringe Sie nach Köln zurück.« Er erhob sich und sah kurz zu Karin hinüber.

Sie lächelte ihn an. Auf ihrem schönen, ebenmäßigen Gesicht lag die Morgensonne. Auf dem Pullover trug sie die Brosche mit dem K.

Dr. Hembach verließ schnell den Raum, ging in das Büro und machte eine Eintragung in das Tagebuch. Dann wollte er einen Brief an seine Mutter schreiben, konnte sich aber nicht konzentrieren. Sie ist siebzehn Jahre alt, dachte er. Ich bin neunundzwanzig. Das sind nur zwölf Jahre Unterschied. Aber sie ist meine Schülerin, und ich bin ihr Lehrer. In zwei Jahren wird sie ihr Abitur machen. Dann ist sie fertig, keine Schülerin mehr, vielleicht wird sie studieren. Und ich bin dann einunddreißig. Er ertappte sich bei dem Gedanken, daß zwei Jahre schnell vorbeigehen. Das machte ihn wütend über sich selbst. »Du bist ein Spinner!« sagte er laut zu sich, nahm den Kugelschreiber und begann erneut den Brief an seine Mutter.

Nachmittags am See glich die Liegewiese der Schülerinnen einer belagerten Festung. In einem weiten Kreis hatten sich junge Männer niedergelassen, rauchten, machten die Mädchen an und zerrten sie schließlich lachend ins Wasser.

Am Ufer stand in der Sonne ein Klotz von Mann. Er war mittelgroß und so muskulös, wie es nur ein Bodybuilder sein kann. Wenn er die Arme in die Hüften stemmte, wölbten sich die Oberarmmuskeln hervor. Auch die Waden waren wie dicke Taue. Auf diesem Körper saß aber ein kleiner Kopf, und fast schüchterne Augen blickten über das Wasser und schielten zu den Mädchen hin.

»Oh, unser Muskelmann!« lachte Karin und stieß Monika an. »Er traut sich nicht heran; ich muß mich mal um ihn künmmern.« Sie wollte aufspringen, aber Monika hielt sie an den Beinen fest.

»Laß das!« befahl sie scharf. »Du hast bei Thomas schon genug Unglück angerichtet. Übrigens, dort hinten liegen die Jungen vom Cusanusgymnasium.«

»Na und?« Karin machte sich von ihrer Schwester los.

»Thomas sieht sicherlich herüber und beobachtet dich.«

»Das wäre genau der richtige Grund, mich um den Muskelprotz zu kümmern.«

»Warum bist du eigentlich so gemein?« fragte Monika. »Warum mußt du überall Unfrieden stiften? Was hast du davon?«

»Es macht mir Spaß.« Karin warf den Kopf zurück und richtete sich auf.

Resignierend legte sich Monika auf die Decke zurück. Sie konnte nichts unternehmen, ohne Dr. Hembach aufmerksam werden zu lassen. Und das wollte sie nicht.

Karin sah sich um. Dr. Hembach schwamm im See. Sie bemerkte auch Thomas. Er stand an einen Baum gelehnt und starrte zu ihr hin. Er trug eine Sonnenbrille, aber sie erkannte ihn an seiner schlaksigen Länge.

Karin tat so, als wolle sie ins Wasser gehen. Sie schlenderte langsam über den Strand, kam an dem Muskelmann vorbei, stolperte plötzlich über eine unsichtbare Wurzel oder einen nicht vorhandenen Stein und rieb mit schmerzverzerrtem Gesicht ihren linken Knöchel.

Der Muskelprotz eilte sofort herbei und faßte sie unter die Achseln. »Ist etwas?« fragte er.

»Oh, ich bin umgeknickt.« Karin richtete sich auf und lehnte sich an die breite Schulter. Sie legte die Hand auf seinen Arm und machte ein verwundertes Gesicht. »Mein Gott, haben Sie Muskeln.«

»Ich kann einen Ochsen an den Hörern umwerfen!«

»Das glaube ich, ich habe noch nie so einen starken Mann gesehen. Doch, ja. Im Zirkus.«

»Das sind alles nur Tricks. Bei mir ist es echt. Ich nehme den Ochsen und dreh' ihm das Genick herum!« Der Muskelmann rollte mit dem Bizeps. Sein Gesicht glänzte. »Ich bin der Lachmaier-Pepi.«

»Ich heiße Monika«, sagte Karin und verzog wieder den schönen Mund. »Es tut noch weh. Aber ich kann auftreten. Wenn ich mich auf Sie stützen darf ... Im Wasser geht es dann schon. Das kühlt ja.«

Pepi sah sich stolz um. Er kam sich wie ein Torero vor. Der Playboy vom Wolfgangsee! Im Dorf sagten sie zwar: »Der Pepi hat vergessen, ›hier‹ zu rufen, als die Intelligenz verteilt wurde« – aber Muskeln hatte er und Chancen bei den schönsten Mädchen; er war ein Mannsbild! Genügte das nicht? Er führte Karin zum Wasser und trug sie dann sogar auf seinen Armen ins Tiefe. Sie schlang ihre Arme um seinen Nacken.

Dr. Hembach, auf dem Badefloß sitzend, sah dieses Bild und hechtete sofort ins Wasser. Mit langen Stößen schwamm er auf die beiden zu. Warum eigentlich? dachte er dabei. Du Narr, warum? Das ist doch alles harmlos. Das gehört zu Sonne, Wasser und Ferien.

Pepi ließ Karin ins Wasser plumpsen und lachte dröhnend, als sie kurz untertauchte. Dann warf auch er sich ins Tiefe und zeigte, was er konnte. Er schwamm wie ein Walfisch, tauchte und schnellte empor wie Flipper, der Delphin; er schwamm auf dem Rücken, spielte »Toter Mann« und zeigte dann, was Schmetterlingsstil ist.

»Sie sind ja ein Künstler!« rief Karin und klatschte kokett in die Hände. Dabei drehte sie sich kurz zum Ufer. Dort stand Thomas und beobachtete sie. Er hatte die Fäuste geballt, und das tat Karin gut.

»Ich kann noch mehr!« brüllte Pepi und schwamm um Karin herum, die sich im Wasser drehte wie ein Fisch. »Ich kann mit der Axt einen Dreißig-Zentimeter-Baumstamm mit einem Schlag spalten.«

»Das glaube ich nicht!« lachte Karin und schwamm davon. Sie sah Dr. Hembach heranpreschen und schwamm in entgegengesetzter Richtung.

Pepi holte sie mühelos ein und legte sich neben sie ins Wasser, nur mit den gewaltigen Füßen paddelnd. »Ich beweise es Ihnen! Wo wohnen Sie?«

»Wird nicht verraten.«

»Ha, ha, das bekomme ich schnell heraus! Sie gehören zu den anderen Mädchen! Pension Sonneck, stimmt's?«

»Das sage ich nicht.«

»Ich bringe Ihnen den Baumstamm und schlag' ihn durch. Ich bin der stärkste Mann am Wolfgangsee.«

»Das glaube ich.«

Dr. Hembach keuchte heran.

Pepi sah sich um und verzog sein Gesicht. »Auf Wiedersehen, Monika!« rief er, tauchte und rauschte unter Wasser zum Ufer zurück.

Dr. Hembach hob den Kopf tiefatmend aus dem See. Seine Augenlider zitterten vor Anstrengung. Noch nie in seinem Leben war er so schnell geschwommen. »Sie sind Monika?« keuchte er atemlos. Er starrte Karin entgeistert an und blickte dann zurück zum Strand. Dort lag der andere Zwilling auf einer Decke und sonnte sich. Der gleiche Bikini, die gleichen Haare, die gleiche Superfigur.

»Ja, Herr Doktor«, sagte Karin sanft, »Karin liegt in der Sonne.«

»Das sehe ich jetzt auch.« Er schnaubte Wasser aus der Nase. »Können Sie sich nicht wenigstens verschiedene Badeanzüge anschaffen, damit man Sie auseinanderhalten kann?«

»Wir werden es unseren Eltern sagen«, erwiderte Karin.

»Was hatten Sie eben?«

»Ich bin gestolpert, und der Herr Lachmaier hat mir ins Wasser geholfen.«

»Und jetzt?«

»Es geht schon wieder. Danke, Herr Doktor.« Karin lächelte Dr. Hembach madonnenhaft an.

Verwirrt schwamm er zum Floß zurück. Das muß anders werden, dachte er. Immer diese Verwechslungen. Man kann ja in Teufels Küche kommen!

Am Ufer stand lang und schmal Thomas, als Pepi aus dem Wasser stieg und sich schüttelte wie ein Seelöwe.

»Laß deine Krallen von dem Mädchen!« fauchte Thomas leise. Sein Mund zuckte vor innerer Erregung.

Pepi schnaufte durch die Nase. »Am Oarsch leckst mi!« sagte er laut. »Geh weg ... I schnupf di eini!«

»Das ist meine Freundin!« behauptete Thomas mutig.

»I mach' an Weckn aus dir.«

»Ich kann Judo und Karate.« Thomas trat nahe an den Koloß heran. Er war zwar einen Kopf größer als Lachmaier, aber nur ein Drittel von seiner Breite. »Du kannst deine Muskeln einpacken, wenn ich mit der Handkante schlage.«

Sie standen sich dicht gegenüber und sahen sich in die bösen Augen.

»Du Hirnvakuum!« sagte Thomas heiser.

»Du Piefke!« erwiderte Pepi.

»Wenn ich dich noch einmal bei meiner Freundin sehe, passiert was!«

»Dann los, gemma, gemma! I hol' mir des Madl...« Pepi sprang wieder ins Wasser.

Thomas folgte ihm – aber hier nutzten ihm weder Karate noch Judo, Pepi schwamm wie ein Fisch. Hilflos sah Thomas, wie der Muskelmann sich Karin näherte, wie sie sich etwas zuriefen, dann warf sich Pepi wieder herum und zog, einem Walfisch gleich, zurück ans Ufer.

Thomas erreichte Karin, als sie einem Ball nachschwamm, der von den anderen zu weit geschleudert worden war. Sie hatte ihn erwischt und hing nun halb über ihm aus dem Wasser.

»Karin«, rief Thomas, »ich muß mit dir sprechen! Warum bist du gestern weggelaufen? Ich will mich entschuldigen.«

»Zu spät!«

»Warum läßt du dich von diesem hirnlosen Nilpferd antörnen?«

»Was geht das dich an?«

»Ich steh' auf dich, Karin!«

Sie gab keine Antwort, schleuderte den Ball zurück und schwamm von Thomas weg zum Floß, wo Dr. Hembach sie hochzog. Bevor dieser den jungen Mann im Wasser erkennen konnte, tauchte Thomas weg und kehrte zum Ufer zurück.

Pepi hatte einen weiten Kreis von Mädchen und jungen Männern um sich versammelt. Er zeigte Beweise seiner unwahrscheinlichen Kraft. Er nahm dicke Eisenstangen, sogenannte Moniereisen, die vom Betonieren der Uferbefestigung übriggeblieben waren, und bog sie mühelos zu Spiralen. Und dabei dachte er an das blonde Mädchen Monika. Ich bring' sie auf Vaters Hof, ich mach' sie zu meiner Bäuerin. Malefiz noch mal, so ein Madl gibt's nicht wieder, und ich gefall' ihr! Juchei! Er zerbrach eine Eisenstange und lachte dröhnend.

Das Haus in den Felsen war wie ein Adlernest, nur größer und geradezu märchenhaft luxuriös. Peter saß an der großen Fensterscheibe und blickte in eine tiefe grüne Bergschlucht hinunter, während der Mann mit der Schirmmütze im Haus herumging und alle Jalousien aufzog.

»Hier wirst du dich wohl fühlen«, sagte er. »Man kommt sich vor wie ein Vogel.«

»Ich will nach Hause«, wimmerte Peter kläglich, »ich will nicht bei Ihnen bleiben! Ich kenne Sie nicht! Ich kann Sie nicht ausstehen!«

»Mich mögen viele nicht, und doch müssen sie mit mir leben.« Der Mann nahm die Mütze ab.

Er hatte graublonde Haare und sah nun älter aus, als Peter gedacht hatte. Er war viel älter als sein Vater, und das machte ihm noch mehr Angst.

»Hast du Hunger?«

»Nein.«

»Durst?«

»Nein.«

»Du willst streiken?« Der Mann lachte und warf sich in einen der Sessel, die mit Lammfellen bezogen waren. »Ein so kluger Junge wie du sollte sich sagen, daß Hunger und Durst keine guten Spielkameraden sind.«

»Warum haben Sie mich abgeschleppt?« fragte Peter und sah den Mann ängstlich an.

»Mir kam plötzlich ein Gedanke, als du neben mir im Auto schliefst.« Der Mann steckte sich eine Zigarette an. »Ich bin Gelegenheitsarbeiter. Mir fällt das Geld zu. Ich brauche mich gar nicht zu bemühen. Man muß die Gelegenheit nur erkennen und zugreifen. Und du bist so eine Gelegenheit. Aber das begreifst du noch nicht.« Er erhob sich aus seinem Lammfellsessel. »Ich mache dir eine Himbeerlimonade. Du magst doch Himbeeren?«

Peter nickte stumm. Heimweh würgte ihn in der Kehle, Heimweh nach dem Haus in Köln, dem Garten, seinem Zimmer, Heimweh nach seiner Mutter.

Schon bald nach ihrem Techtelmechtel am See trafen sich Karin und Pepi. Es war Abend, und noch immer hielt sich die sommerliche Wärme des Tages in den Straßen, zwischen den Häusern und am Wasser. Thomas hatte eine andere, eine falsche Spur aufgenommen. Er schlich Monika nach, die mit der Referendarin und anderen Mädchen zu den Tennisplätzen ging. Karin hatte Dr. Hembach angegeben, sie besuche das Konzert der Salzburger Sinfoniker, die an diesem Abend ein Gastspiel im Kurhaus gaben, einen Mozart-Abend. Sie hatte sich auch danach angezogen, Make-up aufgetragen und die Haare hochgesteckt. Sie sah bezaubernd aus.

Dr. Hembach überwand alle inneren Einwände und ging ebenfalls zum Kurhaus. Er erhielt noch eine Karte, allerdings weit hinten, und reckte sich den Hals aus, um Karin in den Sitzreihen zu suchen. Dann glaubte er, sie gefunden zu haben. Er sah in der dritten Reihe einen blonden Kopf und lehnte sich zufrieden zurück. Erst in der Pause merkte er, daß er sich geirrt hatte und die blonde Dame in der dritten Reihe Mitte Vierzig sein mußte.

5

Etwas außerhalb des Ortes wurde inzwischen der Grundstein zu einer kleinen Tragödie gelegt.

»I hob an Ochsen herbracht!« rief Pepi, als er allein mit Karin vor einem dunklen Schuppen stand. »Willst sehn, wie i ihn umleg'?«

»Gern.« Karin wippte auf den hohen Absätzen. »Extra deswegen bin ich ja nicht ins Konzert gegangen.«

»Du bist a Superdirndl«, grinste Pepi und legte den Arm um Karins Schulter. Seine mächtige Brust hob und senkte sich.

Karin merkte nicht, wie groß die Gefahr war, in der sie jetzt schwebte. Weit und breit umgab sie nichts als Wald und Dunkelheit. »Laß das!« fauchte sie und schlug Pepi leicht auf die Hand. Sie sah, wie aufgeregt der Muskelprotz war, und hörte sein stoßweises Atmen. »Wo ist denn der Ochse?«

»In der Hüttn! I hol' ihn.« Pepi tappte durch die Dunkelheit zu dem alten Schuppen und schloß die windschiefe Tür auf. Dann steckte er den Kopf in die Hütte und brüllte: »Kimm außi, du Mistvieh!«

Karin trat etwas zur Seite. Sie lehnte sich an einen Holzstoß und hatte eigentlich schon gar kein Interesse mehr zu sehen, wie der schwitzende und schnaufende Pepi einen Ochsen an den Hörnern packte. Plötzlich kam ihr das alles blöde vor. Sie dachte an den Playboy mit seiner weißen Motorjacht und zog die Mundwinkel herab. Das sind

Männer, dachte sie. Wenn man drei oder vier Jahre älter wäre – Himmel! Dann sah sie an sich herunter und fand, daß sie eigentlich auch wie zwanzig aussah. Niemand würde sie so, wie sie jetzt gekleidet und frisiert war, für eine Schülerin halten, die noch Angst vor Mathematik und Latein hatte und der die Schule zum Hals heraushing. Jeder sah in ihr nur eine junge, hübsche Frau, der man nachblicken mußte, wenn man keinen Knick in der Optik hatte. »Nun mach schon«, drängte sie ungeduldig, »hol deine dumme Kuh und wirf sie um. Und dann sag mir, wozu das gut ist.«

Pepi kam aus der dunklen Hütte. An einem Strick zog er einen brummenden Ochsen hinter sich her, der lieber schlafen wollte, als sich hier in der Dunkelheit auf einen Kraftvergleich einzulassen.

»Jetzt paß auf«, keuchte Pepi. Er holte tief Luft, spannte die Armmuskeln und ergriff die Hörner des Ochsen.

Karin hob spöttisch die Augenbrauen. Ich geh' weg, dachte sie. Am Ufer, auf der Promenade, ist jetzt Kurkonzert, in den schönsten Kleidern gehen sie am See spazieren. Da gehöre ich hin – wenn ich dort auftauche, steche ich alle anderen Frauen aus! Und die Männer bekommen feuchte Augen.

Pepi war an der Arbeit. Er drückte den Kopf des Ochsen zur Seite, riß an den Hörnern, stemmte seine Säulenbeine in den Boden und versuchte, mit einem Hebelwurf den Ochsen auf die Seite zu legen. Aber dieses Mal klappte es nicht. Der Ochse stand brummend wie festgewachsen, bewegte sich nicht und fiel nicht um, wie er es bei der Probe schon dreimal getan hatte.

»Du Mistvieh, vafluchtes!« keuchte Pepi. Er wandte seine ganze Kraft an, aber irgendwo fehlte ihm jetzt der letzte, entscheidende Muskel. Das macht ihre Gegenwart, dachte er verzweifelt; ich werde schwach, weil sie mir zusieht.

»Ist das alles?« fragte Karin spitz aus der Dunkelheit.

»Geh zua!« brüllte Pepi dem Ochsen ins Ohr. »Leg di, du Satan!« Er versuchte es noch einmal. Aber jetzt ging es gar nicht, denn Karin lachte laut und spöttisch. Es fuhr Pepi wie ein feuriges Messer durchs Herz; er keuchte und röchelte und hing sich an die Hörner.

Karin löste sich vom Holzstoß und trat kurz in den Mondschein. »Wenn du den Ochsen am Boden hast, schreib mir eine Karte. Nach Köln. Postlagernd Postamt 1 unter Kennwort: Stierkämpfer. Ich schicke dir dann einen Lorbeerkranz!« Sie lachte wieder laut, winkte dem schwitzenden Pepi zu und lief dann schnell weg, zurück nach St. Wolfgang. Sie lief schneller, als sie wollte. Wenn er nachkommt, renne ich, dachte sie. Muskeln hat er, aber so klein, wie sein Kopf ist, so klein ist auch sein Hirn. Sie wollte nur Thomas eifersüchtig machen, und das war ja gelungen.

Pepi war tatsächlich ein paar Schritte hinter Karin hergeschwankt, dann blieb er stehen. Schweiß lief über seine Augen, seine Arme zitterten. Er hatte noch das höhnische Lachen Karins im Ohr, und so dumm war er nicht, um nicht zu wissen, daß sie ihn ausgelacht hatte. Ihn, den stärksten Mann am Wolfgangsee, der einen Ochsen... Pepi fuhr herum. »O du Saustück!« brüllte er und stürzte auf den Ochsen zu. »Blamiert hast mi! Glacht hat sie! Umeinandhauen sollt ma di!« Er hob die Faust und ließ sie auf die Stirn des Tieres niedersausen. Und diesmal war Pepis Kraft wieder da. Der Ochse kippte lautlos auf die Seite. Verblüfft starrte Pepi auf den liegenden Koloß.

Dann hob er beide Arme in den Nachthimmel und stieß einen Jodler aus. »Monika«, schrie er hinter Karin her, »komm her, er liegt, er liegt!«

Aber Karin hörte ihn nicht mehr. Sie hatte schon längst die Straße erreicht. Am See spielte die Kurkapelle, deren Musik vom leichten Wind durch den ganzen Ort getragen wurde.

Zähneknirschend setzte sich Pepi neben den Ochsen auf einen Holzklotz und stierte vor sich hin. Er hatte sehr böse Gedanken. Und sie beschäftigten sich mit Karin, die er für Monika hielt. Ich mach' sie zu meiner Freundin, dachte er. Es gibt keinen auf der Welt, der sie mir wegnehmen könnte. Und wenn sie nicht will ... Er zog die Luft durch die Nase, sah auf seine tellergroßen Hände und grinste dümmlich.

Nach der Pause verließ Dr. Hembach das Kurhaus. Das Konzert der Salzburger Sinfoniker interessierte ihn nicht mehr, obgleich sie einen wunderbaren, beschwingten Mozart spielten. Wo ist Karin? dachte er. Warum hat sie mich belogen? Für wen hat sie sich so hübsch gemacht? Trifft sie sich mit einem Mann? Der Lehrer ertappte sich dabei, daß seine Fragen kaum noch pädagogischer Natur waren. Er war ihr Lehrer, Kursleiter, er hatte für achtzehn Mädchen die Verantwortung, auch wenn jeder einsehen mußte, daß es unmöglich war, achtzehn fast erwachsene junge Damen zu beaufsichtigen. Aber im Falle Karin Etzel war es etwas anderes. Karin ragte aus dem Kurs heraus, nicht durch Wissen und Fleiß, sondern durch eine bereits so frauliche Art, daß es ihm manchmal schwerfiel, sie anzuschauen und grob zu sagen: »Setzen Sie sich! Die Quittung werden Sie im Zeugnis sehen!«

Gehe ich zur Pension zurück, dachte Dr. Hembach, und forsche nach, ob sie zu Hause ist, oder setze ich mich auf eine Bank an der Promenade und warte die Zeit ab, bis das Konzert zu Ende ist? Dann wird sie ja irgendwo auftauchen, denn sie muß pünktlich im Haus Sonneck sein. Er entschloß sich, auf einer Bank zu warten. Mißmutig ging er zur Uferpromenade, fand einen freien Platz neben einer alten Dame, die alle Melodien mitsummte und manchmal sagte: »Ach ja, ach ja, die gute alte Zeit. Darauf habe ich 1915 Polka getanzt. Und dieser Walzer. Ach ja, ach ja, als junges Mädchen 1915 ... Wenn man jetzt die Jugend sieht. Diese kurzen Röcke. Diese schrecklichen grellen Farben. Diese herausfordernde Haltung. Nein, nein ...«

Dr. Hembach zuckte zusammen, als er im Strom der langsam Promenierenden am Seeufer auch die blonden Haare Karins sah. Er sprang auf, stieß dabei die alte Dame an, entschuldigte sich mit einer Verbeugung und bahnte sich einen Weg durch die Menschen. Er erreichte Karin kurz vor der Orchestermuschel. Zwei junge Männer in weißen Hosen und blauen Clubjacken sahen sich nach ihr um, blieben stehen und pfiffen leise.

Dr. Hembach strafte sie mit einem bösen Blick, den die jungen Mänenr jedoch nicht bemerkten. »Toller Käfer«, hörte er im Vorbeigehen, »so etwas nasche ich lieber als einen Whisky.« Idioten, dachte er. Er ging hinter Karin her und holte sie ein. »Karin!« rief er laut. »Einen Augenblick, Karin!«

Karin zeigte keinerlei Erschrecken, als sie hinter sich die Stimme hörte, die ihr so gut bekannt war. Sie blieb stehen und drehte sich um. »Herr Doktor«, sagte sie mit schwingender Stimme. Ihre großen blauen Augen strahlten.

Sie hat sich die Lippen zu rot angemalt, durchfuhr es ihn. »Sie waren nicht im Konzert«, sagte er.

»Nein, ich habe es verpaßt. Ich wollte noch ein paar Karten kaufen, um Bekannten zu schreiben, und als ich zum Kurhaus kam, hatte es schon angefangen. Da wollte ich nicht stören.«

»Ach so. Und was machen Sie nun?«

»Was soll ich tun? Ich gehe spazieren und trinke nachher eine Cola.« Sie lächelte madonnenhaft. »Ich liebe Musik, Herr Doktor. Da, hören Sie? ›Komm in die Gondel, mein Liebling, o steige doch ein ...‹ Aus ›Eine Nacht in Venedig‹. Es ist auch wirklich ein zauberhafter Abend.«

»Allerdings.«

Sie gingen zusammen über die Promenade am Seeufer mit den erleuchteten Booten, blieben bei der Kurkapelle stehen und sahen dem Kapellmeister zu, der seine neun Mann dirigierte, als sei er Karajan mit den Berliner Philharmonikern. Sie kamen bei ihrem Spaziergang auch an der Bank vorbei, auf der noch immer die alte Dame saß.

»Nein, so was«, schnaubte sie, »nein, so was! Ein intelligenter Mensch und so ein Flittchen. Diese neue Welt!«

»Ich habe Durst, Herr Doktor«, sagte Karin.

Der schweigsame Dr. Hembach zuckte zusammen.

»Darf ich Sie zu einer Cola einladen? Zu mehr reicht mein Geld nicht.«

»Ich danke für die Einladung, Karin, aber Sie erlauben, daß ich mein Getränk selbst bezahle.«

Kurz darauf saßen sie auf der Gartenterrasse eines Cafés. Junge Leute waren da und schmusten ungeniert miteinander. Sie benahmen sich, als seien sie allein am See.

Dr. Hembach sah Karin an. »Ihr Lippenstift ist viel zu grell«, sagte er leise.

»Sie haben Pastellfarben lieber, Herr Doktor?«

»Ein rosa- oder orangefarbener Lippenstift würde Ihnen besser stehen.« Er starrte Karin an und schwieg dann. »Ich glaube, das ist kein Thema für unser Gespräch«, meinte er schließlich mit rauher Stimme.

»Aber Sie verstehen ja allerhand davon, Herr Doktor, das wußte ich gar nicht.«

Der Kellner kam.

Dr. Hembach sah ihn als rettenden Engel an. »Zwei Cola«, bestellte er.

Der Kellner nickte. Das Übliche, dachte er. Sie enden um Mitternacht in »Tante Annas Stube« beim Sekt. Ferienflirt.

Karin erhob sich und ging ins Café. Dort winkte sie den Kellner heran und gab ihm einen Zwanzigmarkschein. »Servieren Sie dem Herrn dort das Cola bitte immer mit einem doppelten Cognac drin«, sagte sie, »aber kassieren Sie nur ein einfaches Cola. Bitte.«

Der Kellner blinzelte Karin zu. »Auf Fang?« fragte er anzüglich. »Lohnt es sich?«

»Ja.«

»Fabrikant?«

»Beamter.«

»O weh, die sind geizig! Deshalb der doppelte?«

»Ja.«

»Wird gemacht!« Der Kellner zwinkerte ihr zu und ging zur Theke. »Eine einfache und eine Cola mit doppeltem Schuß!« rief er.

Zufrieden schlenderte Karin auf die Terrasse zurück. Die jungen Leute waren gegangen. Dr. Hembach sah über den See und machte sich Gedanken über seine Einstellung zu der Schülerin Karin.

»Man könnte romantisch werden, nicht wahr, Herr Doktor?« fragte sie, als sie wieder am Tisch saß. »Jedenfalls könnte man die Schule ganz und gar vergessen.«

»Vielleicht.« Dr. Hembach sah auf das große Glas Cola, das ihm der Ober hinstellte, und bezahlte dafür.

Der Kellner blinzelte Karin wieder zu und machte eine Bewegung mit dem Daumen. Alles in Ordnung.

»Prost!« sagte Karin und hob das Glas.

»Prost!« Dr. Hembach tat einen tiefen Schluck und wunderte sich. Er war kein Colakenner, aber diese hier brannte angenehm im Hals, als sei sie mit Cognac gemixt. Okay, in Österreich mixt man halt Cola mit Alkohol. Gut schmecken tut's auf jeden Fall!

Sie tranken drei Gläser, und Hembach fühlte sich von Minute zu Minute leichter und beschwingter. Als auf der Caféterrasse gegen 21 Uhr 30 eine Tanzkapelle erschien und mit heißen Rhythmen loslegte, als die jungen Leute auf die betonierte Tanzfläche liefen und zu tanzen begannen, zuckte es auch ihm in den Beinen. Er kannte sich selbst nicht mehr, er schlug mit den Fingern den Takt auf den Tisch.

Karin beugte sich vor, ihre blauen Augen leuchteten, und im Licht der bunten Lampions schimmerte ihr Haar. »Tanzen Sie auch, Herr Doktor?«

»Selten, sehr selten. Und diese Verrenkungen kann ich schon gar nicht.«

»Es ist ganz einfach.« Karin sprang auf. Sie zog ihn an der Hand zur Tanzfläche, und dann fand sich der zurückhaltende Lehrer zwischen tanzenden jungen Leuten wieder.

Musik hämmerte auf ihn ein; vor ihm tanzte Karin, und er stellte zum wiederholten Male fest, wie hübsch sie war.

Nach fünf Minuten hatte er sich eingetanzt, und Karin klatschte in die Hände und rief: »Bravo, bravo! Sie sind ja ein Talent, Herr Doktor!«

Nach einigen heißen Rocknummern kam ein sanfter Blues. Karin legte die Arme um Dr. Hembachs Nacken, drückte sich an ihn, legte den Kopf an seine Schulter und tanzte mit ihm nach der zärtlichen Melodie. Dr. Hembach war verwirrt, und der Alkohol verhinderte, daß er klar denken konnte. Er legte seine Arme um Karin, und so schwebten sie über die Tanzfläche.

Plötzlich blitzte es hell. Ein Fotograf war erschienen und machte Fotos. Jeden Abend standen am See Fotografen, blitzten die Promenierenden, knipsten die Trinkenden. Es war ein gutes Geschäft.

Dr. Hembach nahm das Blitzen nur am Rande wahr. Er sah nicht, wie Karin beim Tanzen die Hand ausstreckte und die Geschäftskarte des Fotografen annahm.

»Morgen mittag!« rief der Fotograf, riß die Kamera hoch und blitzte ein anderes Paar.

Karin behielt die Karte in der Hand, bis sie wieder am Tisch saßen. Dort steckte sie sie schnell in ihre Handtasche.

»Zehn Uhr«, sagte Dr. Hembach. Er hatte auf seine Armbanduhr gesehen. »Ab in die Pension!«

Als sie die Uferstraße verlassen hatten, hakte sich Karin bei ihrem Lehrer unter, und so ließen sie es bis kurz vor Haus Sonneck.

Die anderen Mädchen und die Referendarin waren schon zurück. Wortlos ging Dr. Hembach auf sein Zimmer. Der Rückweg durch die frische Nachtluft hatte ihn ein wenig ernüchtert. Was ist da vorgefallen? dachte er erschrocken. Wie konnte so etwas passieren? Mit meiner schlechtesten Schülerin tanzen! Wie habe ich dieser verflixten Schwäche bloß nachgeben können? Ich war ja völlig umgewandelt! Das wird jetzt viel Mühe kosten, das alte Verhältnis Lehrer–Schülerin wiederherzustellen! Erich Hembach, du bist wohl von allen guten Geistern verlassen...

Im Bett, im Dunkeln, krochen die Zwillinge Karin und Monika zu den Fußenden und setzten sich einander gegenüber.

»Wie war's?« flüsterte Monika.

»Nichts Besonderes. Und du?«

»Wir waren im Fischermuseum und dann in einem Café.« Monika stützte das Kinn auf das hohe Fußende des Bettes. »Hat er den Stier umgelegt?«

»Ach was! Ich bin einfach weggegangen. So ein dämlicher Kerl. Nur Muskeln!«

»Und wo hast du Dr. Hembach aufgegabelt?«

»Beim Kurkonzert. Wir haben drei Cola getrunken.«

»Irre.«

»Du...« Karin tastete nach der Hand ihrer Schwester. »Ich muß dir ein ganz großes Geheimnis anvertrauen. Aber nichts weitersagen!«

»Ehrenwort, Schwester.«

»Ich habe mich in Erich Hembach verliebt.«

»Du tickst ja nicht richtig!« sagte Monika laut. Sie warf sich in ihr Bett zurück und deckte sich zu. »Dein Zeugnis wird bestimmt kein Liebesbrief werden!«

»Ruhe!« rief ein Mädchen aus einer anderen Ecke. »Schlaft doch endlich!«

Karin legte sich zurück und starrte an die dunkle Decke. Sie dachte an den Tanz, an den Blues, bei dem sie sich ganz eng an den Mann geschmiegt hatte. Es war ein wundervolles Gefühl. Ein herrliches, bisher völlig unbekanntes Gefühl.

Peter befand sich allein in dem Felsenhaus im Engadin. Der Mann mit der Schirmmütze war gegangen, hatte ihn eingeschlossen und war mit seinem Sportwagen davongefahren. Bevor er abfuhr, hatte er gesagt: »Ich bin in drei Stunden wieder da. Du hast doch keine Angst, hier allein zu sein?«

»Nein«, hatte Peter geantwortet. Aber es hatte ihn in der Kehle gewürgt. »Ich gucke aus dem Fenster.«

»In der Küche, im Eisschrank, ist auch Milch, wenn du Durst hast.«

»Danke.« Peter hatte den Mann groß angesehen. »Warum nehmen Sie mich nicht mit? Ich möchte nach Hause.«

»Später.«

»Die Polizei wird mich suchen.«

Der Mann mit der Schirmmütze hatte gelacht und den Kopf geschüttelt. »Hier gibt es keine Spuren. Und wenn du ganz brav bist, bringe ich dich nach einiger Zeit nach Deutschland zurück.«

Peter wartete fast eine Stunde und saß am Fenster, sah in die wilden Felsen und den blauen Himmel und dachte angestrengt darüber nach, was der Mann mit ihm vorhaben könnte. Das Einfachste war Erpressung. Lösegeld. Davon hatte Peter genug gelesen und im Fernsehen gesehen. Wenn Papi ein paar Millionen Mark bezahlte, konnte er nach Köln zurück. Wenn er sie aber nicht bezahlte? Hatte Papi so viel Geld?

Ängstlich und doch neugierig schlich Peter in der Felsenvilla herum. Er rüttelte an der Haustüre, sie war verschlossen. Er sah aus einigen Fenstern und starrte in den Abgrund einer Schlucht. Mit der Hälfte ragte das Haus wie ein Vogelnest über das Plateau hinaus, auf dem es gebaut war. Hier waren die Fenster auch nicht vergittert. Von der Schlucht herauf konnte niemand kommen. Nur ein Fenster zur Seite lag so günstig, daß man an Flucht denken konnte.

Peter beugte sich über die Fensterbank. Vom Fenster bis zum Boden, einer kleinen Terrasse, die aus dem Felsen gesprengt war, konnten es zwei Meter sein. »Das geht«, sagte er leise und ging ins Zimmer zurück. Er maß an der Wand ungefähr zwei Meter ab und nickte. Wenn ich mich an die Fensterbank hänge, sind's nur noch sechzig Zentimeter, dachte er. Ich bin einen Meter vierzig groß. Sechzig Zentimeter muß man doch hinunterspringen können. Er rannte in die Küche, stopfte seine Taschen mit Brot und Wurst voll, trank schnell eine halbe Flasche Milch und lief zum Fenster zurück. Dort schwang er sich auf die Fensterbank hinaus, umfaßte mit den Händen die äußere Kante und ließ sich langsam hinuntergleiten. Als er an den Armen frei über der Terrasse hing, sah er noch einmal nach unten, ob es wirklich nicht mehr war als höchstens ein Meter. Neue Angst kroch plötzlich in ihm hoch: Lautlos, mit großen, starren Augen standen unter ihm zwei riesige, schwarzweiß gefleckte Doggen. Ihre eckigen Schädel waren zu ihm hochgerichtet, die Mäuler standen halb offen, aber sie gaben keinen Laut von sich, sondern beobachteten abwartend die Gestalt, die da am Fenster hing.

Peter war dem Weinen nahe. Er hing an der Fensterbank, und es gab nur noch zwei Möglichkeiten: Entweder er sprang mitten unter die großen Hunde hinein, die über ihn herfallen würden – oder er versuchte, sich wieder ins Zimmer zu ziehen. Mit letzter Kraft versuchte er einen Klimmzug. Er dachte daran, was der Sportlehrer Brötlein einmal gesagt hatte, als er den Klimmzug an der Reckstange üben ließ: »Man braucht im Leben irgendwann einmal die Kraft, sich selbst aus etwas herauszuziehen.« Damals hatten sie gelächelt und sich zugeflüstert: »Wenn Brötlein mal aus dem Brötchenkorb fällt...« Nun war aber tatsächlich eine so ernste Situation gekommen: Alles hing an einem Klimmzug.

Tränen schossen Peter in die Augen, als er dreimal, viermal versuchte, sich wieder hochzuziehen, und nur bis zur Hälfte kam. Unter ihm knurrten dumpf die Hunde. Es geht nicht, schrie es in ihm, es geht nicht! Mutti, hilf mir! Er schloß die Augen, ließ die Kante der Fensterbank los und fiel zwischen die Hunde.

Um die gleiche Zeit stand der Mann mit der Schirmmütze am Telefon eines Gasthauses, das eine Stunde von seinem Haus entfernt war, und sprach mit einem fernen Unbekannten. »Ich habe ein Goldstück hier«, schwärmte er. »Ja! Es ist völlig ungefährlich. Das ist geschenktes Geld! Komm raus, und wir besprechen alles. Sei vernünftig, Charlie. Du hast fünfunddreißigtausend Mark Schulden, und ich habe Wechsel laufen, die in zwei Monaten fällig werden und für die ich noch keinen Pfennig habe. Nun sei kein Frosch, Charlie... Komm heraus und sieh dir den Goldjungen einmal an!« Er wartete die Antwort nicht ab, sondern hängte ein. Wenig später fuhr er zurück.

Nach drei Tagen endlich gelang es dem Internatsleiter, Lucia Etzel in Köln anzutreffen. Er geriet wieder ganz außer Atem vor Erregung, als er das Verschwinden des Jungen schilderte. Er berichtete, daß die Polizei schon alle Straßen nach Dänemark kontrolliere und man den Ausreißer sicherlich bald fassen werde. »Zurück bringen Sie ihn bitte nicht, gnädige Frau«, sagte der Internatsleiter noch, »wir können uns nicht jede Woche solche Suchaktionen leisten. Im übrigen bitten wir, uns die vollen Pensionskosten zu überweisen, denn der Ferienplatz ist ja nun frei geworden und kann nicht mehr besetzt werden, und wir sind auf die Erfüllung der Pensionsverträge angewiesen, zumal wir als Privatanstalt...«

Lucia ließ den Hörer zurückfallen und starrte vor sich hin. Sie hatte Worte gehört, Sätze, aber sie hatte nur eines verstanden: Peter ist weg! Er ist auf dem Weg nach Dänemark, per Anhalter, zu seinem Vater. Zu dem Vater, den er so vermißte und der jetzt der einzige war, zu dem er Vertrauen hatte.

»Was hast du, Liebling?« fragte der dickliche Beljonow. Er saß im Sessel und trank Wein. »Du siehst aus, als käme heute noch dein Mann zurück. Keine Sorge – ich habe mit ihm gesprochen. Er wird sich scheiden lassen! Und er wird Kavalier genug sein, die Schuld auf sich zu nehmen. Und dann beginnt ein Leben voller Liebe und Kunst.« Er sprang auf, legte die Hand aufs Herz und begann zu singen. »Holdes Mädchen, sieh mein Leiden...«

Lucia fuhr hoch. »Hör auf!« Sie preßte die Fäuste gegen die Ohren. »Hör auf! Peter ist verschwunden!«

Mit einem mißtönenden Laut brach Beljonow die Arie ab. »Wieso verschwunden?« fragte er.

»Er ist aus dem Internat weggelaufen! Er trampt nach Dänemark. O Gott, wenn ihm was passiert...«

»Das ist aber wirklich unangenehm.« Beljonow begriff

plötzlich die veränderte Lage. Er hatte den Plan gehabt, gegenüber Etzel den Jugendfreund von Lucia zu spielen und von neu erwachter Liebe zu sprechen, die echt sei, denn er sei ja ein Ehrenmann. Das war nun alles Quatsch. Man mußte Etzel mit einem vollzogenen Ehebruch gegenübertreten, und da war es schwer, auf eine Kavaliersscheidung zu hoffen.

Lucia lief im Zimmer umher und weinte. »Was soll ich tun?« klagte sie immer wieder. »Was soll ich tun? Mein kleiner Peter! Mein lieber, kleiner Peter!«

Beljonow verzog den Mund. Sie hat sich bisher wenig um ihn gekümmert, dachte er, und nun spielt sie die große Tragödin. Das steht ihr gar nicht zu Gesicht. Das ist fast lächerlich. Oder sollte sie jetzt wirklich mütterliche Gefühle haben? So etwas gibt es. In Rußland fressen die Wölfinnen im Winter manchmal ihre eigenen Jungen. Aber wehe, ein anderer Wolf will sie fressen! Er sah Lucia an und nickte. »Telegrafiere nach Dänemark«, sagte er ruhig, »das ist der einzige Weg. Ludwig wird sofort nach Deutschland kommen. Dann verpassen sich Vater und Sohn bestimmt.«

»Du hast eine teuflische Logik«, schluchzte Lucia.

Beljonow zuckte die Schultern, setzte sich wieder und trank einen langen Schluck Wein. Nicht alle Tenöre sind dumm, dachte er. Bei mir sitzt der Geist nicht in den Stimmritzen...

Schon zwei Stunden später klingelte das Telefon. Ferngespräch aus Kopenhagen. Lucia hatte das Telegramm auf gut Glück an die staatliche Planungsstelle geschickt. Auch sie wußte ja nicht, wo sich ihr Mann augenblicklich befand, er und seine schwarzlockige Sekretärin Irene Aurach.

»Was ist mit Peter?« hörte Lucia ganz fern die Stimme Ludwigs. »Dein Telegramm ist gerade gekommen. Wieso ist er weg? Warum läuft er von zu Hause fort?«

»Ludwig.« Lucia sank auf die Couch.

Neben ihr nickte Beljonow ihr Mut zu und streichelte ihren kalten, nervös zuckenden Arm.

»Du mußt sofort kommen, Ludwig! Peter ... o Gott! Ich kann nicht sprechen. Ich bin total fertig, Ludwig!«

»Ich komme«, sagte Ludwig kurz und legte auf.

Lucia ließ den Hörer aus der Hand fallen. »Er kommt«, stammelte sie.

»Sehr gut.« Beljonow küßte ihren Nacken.

Aber dieses Mal durchrann sie kein Schauer.

»Ich habe deinen Mann fast zehn Jahre nicht mehr gesehen. Ist er gesund?«

»Ja. Ab und zu der Kreislauf... Das kennt man ja bei Männern, die nur arbeiten.«

»Kreislaufkollaps! Sehr gut!« Beljonow tätschelte ihre Schulter. »Man kann vor Aufregung einen Herzschlag bekommen.«

Mit weiten Augen starrte Lucia ihren Geliebten an. »Was hast du vor?« stammelte sie. »Um Himmels willen, Henk, mach bloß keine Dummheiten, du wirst mir unheimlich.«

»Das ist ein guter Boden für Liebe.« Beljonow lachte laut. »Die menschliche Seele ist immer unheimlich.«

Am späten Nachmittag landete Ludwig Etzel auf dem Flugplatz Köln-Wahn.

Sein Rechtsanwalt aus Köln erwartete ihn bereits mit seinem Wagen und hatte die neuesten Informationen. »Peter ist aus einem Ferieninternat im Schwarzwald ausgerückt«, erklärte er, »wußten Sie das?«

»Er war im Schwarzwald?« Ludwig blieb wie angewurzelt stehen. »Was macht Peter im Schwarzwald?«

»Dort wurde er von Ihrer Frau abgegeben.«

»Lucia hat Peter...?« Ludwig ließ sich in die Polster fallen. »Dr. Schachtner, bleiben Sie bei mir. Ich glaube, hier sind während meiner Abwesenheit Dinge geschehen, für die ich einen Zeugen brauche. Wie ich meinen Sohn kenne, ist er nicht freiwillig in ein Ferieninternat gegangen.« Er sah seinen Anwalt kurz an, während dieser den Wagen anließ. »Doktor, verschweigen Sie mir etwas? Sie sind doch eine Art Salonlöwe... Was ist geschehen?«

»Der Tenor Beljonow ist aufgetaucht«, sagte Dr. Schachtner, »kennen Sie ihn?«

»Ja.« Ludwig starrte auf die Straße, die sie entlangbrausten. »Ein Jugendfreund meiner Frau aus ihrer Theaterzeit, damals in Detmold! Ein eingebildeter Nichtskönner!«

Vor ihnen tauchte der Dom auf, der Rhein, die Brücke. Peter, dachte Ludwig, mein Junge, was wirst du mir erzählen? In diesen wenigen Minuten liefen die letzten Jahre seines erfolgreichen Lebens vor ihm ab, hastig und überstürzt wie ein viel zu schnell sich abspulender Film. Der Erfolg war ihm buchstäblich nachgelaufen. Er brauchte ihn nur zur Kenntnis zu nehmen, zu akzeptieren, auf irgendeine Weise damit umzugehen. Daß dieser Erfolg auch seinen Preis verlangte, hatte er für graue Theorie gehalten. Er würde keine Schwierigkeiten damit haben, Beruf und Privatleben unter einen Hut zu bringen – und nun war ihm das Privatleben aus dem Ruder gelaufen. Lucia betrog ihn mit dieser unsympathischen Sängerniete Beljonow, die Zwillinge, seine bildschönen Töchter, machten sich immer selbständiger – ganz zu schweigen von Karins miserablen Schulleistungen –, und Peter, sein besonderer Liebling, hatte nun offensichtlich die Eltern und ihre Machenschaften satt.

Seine Ehe mit der attraktiven Lucia war nie langweilig gewesen, freilich auch nicht immer friedlich. Mit ihren Launen hatte sie ihn – und später auch die Kinder – auf Trab gehalten, stets Rücksichtnahme von ihnen allen verlangt, viel Beachtung und Zuwendung. In solchen Phasen war es niemand möglich, sie zufriedenzustellen. Man mußte abwarten, bis sie ihr inneres Gleichgewicht wiederfand; dann freilich konnte sie eine strahlende, liebenswürdige Frau sein, die jeden, der mit ihr zu tun hatte, bezauberte. So hatte er sie damals geliebt, als er sie heiratete, und so liebte er sie heute noch. Vielleicht würde die Geschichte mit Peter sie ein wenig nachdenklich machen, ihr die Launenhaftigkeit abgewöhnen.

Tief in Gedanken versunken, merkte er zunächst gar nicht, daß der Wagen mittlerweile vor seiner Villa hielt. Erst als Dr. Schachtner ihn ansprach, kehrte er in die Gegenwart zurück. Die beiden Herren stiegen aus und gingen auf das schmiedeeiserne Gartentor zu.

Für Pepi war die Niederlage mit dem Ochsen nicht zu verwinden. Man konnte ihn einen Idioten nennen, da lachte er bloß. Aber wenn es um seine Stärke ging, da kannte er keinen Spaß. Kraft hatte er wirklich, und sie mußte anerkannt werden. Wie ein Turm stand er am nächsten Tag am See, als die Mädchen wieder zum Schwimmen kamen.

Diesmal ging Karin nicht mit, sie schützte Kopf- und Leibschmerzen vor und blieb im Bett. Sie wußte, warum. Und sie wunderte sich später auch nicht, als man ihr erzählte, daß der Muskelmann am See gewesen war.

Für die ahnungslose Monika sollte es eine böse Überraschung geben.

Während sich die Mädchen am Strand verteilten, griff Pepi ungeniert nach Monika und hielt sie fest. »Der Ochse liegt!« prahlte er.

»Sie ticken wohl nicht richtig«, erwiderte Monika und riß sich aus seinem Griff los. »Hauen Sie ab!«

»Mit oam Schlag! Bum! Vors Hirn! Bum! I mach's wieda, wennst mitkommst.«

Monika schaute an dem Muskelprotz hinauf und verzog den Mund. »Machen Sie 'ne Fliege«, sagte sie laut, »Sie Komiker!«

Pepi kochte es unter den Haaren. Sein kleiner Kopf begann zu wackeln, als rolle er auf den breiten Schultern herum. »Monika«, sagte Pepi heiser, »dös ist net liab von Eahna, Monika.«

Monika blieb stehen und kniff die Augen zusammen. »Woher kennen Sie mich?« fragte sie scharf.

»Ja mei«, schrie Pepi, »ja mei, Monika, dös kenna S' mit mir net machn.« Er stieß einem Italiener, der Monika zu nahe kam, die flache Hand vors Gesicht, so daß der kleine dunkelhaarige Mann sich sofort auf die Erde setzte. Dann sah er die Reihe der anderen Italiener an und zog das Kinn an. »I mag Sie!« sagte er mutig.

»Bei Ihnen ist ja wohl 'ne Schraube locker!« Monika drehte sich um und ging davon.

Pepi starrte hinter ihr her, und es war ihm, als kreisten Menschen, See, Berge und Boote umeinander. »Mit mir net!« schrie er. »I kann auch anders sein!« Wie eine Dampfwalze lief er hinter ihr her, setzte sich schließlich an den See und beobachtete Monika scharf.

Aber auch Thomas war wieder da. Er saß nur drei

Meter weiter und starrte zu Monika hinüber, die er für Karin hielt.

Pepi hatte düstere Gedanken. Er begriff die Zusammenhänge. Schwimmen und Ochsenumwerfen genügt nicht. Irgend etwas fehlte ihm, was vielleicht dieser lange, dürre Jüngling da hatte. Er stand auf und ging zu Thomas. Mit einem Knurren, wie ein hungriger Hund, ließ er sich neben ihm nieder. »Bist a Studierter?« fragte er.

»Ja«, sagte Thomas kurz.

»Aha!« Pepi schob die Unterlippe vor. So ist das, dachte er. Die feinen Herren holen sich die schönsten Mädchen. Die reden Lateinisch, und schon fallen die Weiber um. Gottverfluchter Unterschied!

Am Abend, nach dem Essen, saßen Monika und Karin noch zusammen im Pensionsgarten auf der Bank. Jede hing ihren Gedanken nach.

»Sieh mal hier«, sagte Karin plötzlich. Sie zog einen Briefumschlag aus der Tasche und holte ein Foto heraus. Postkartengröße.

Monika starrte das Bild entgeistert an. Karin, engumschlungen beim Tanz mit einem Mann. Ein Bild inniger Verliebtheit. »Das ... das ist ja Dr. Hembach«, stotterte Monika.

»Na und?«

»Wann ist es denn aufgenommen worden?«

»Gestern abend.«

»Und der hat *so* mit dir getanzt?«

»Ja. Schönes Foto, nicht wahr?«

Monika wollte nach dem Foto greifen, aber Karin sprang auf und lief ein paar Schritte weg.

»Um Gottes willen«, rief Monika, »verbrenn das Bild!

Wenn das jemand sieht, gibt es einen Skandal! Ist Hembach denn verrückt?«

»Nein, er hatte ganz schön einen sitzen! Drei Cognacs, heimlich in die Cola.«

»Du bist ein Aas«, sagte Monika gepreßt. »Ich garantiere dir, das bricht dir noch mal den Hals! Wenn das rauskommt, rette ich dich nicht mehr!«

»Mit *dem* Bild rette ich mich allein!« Karin lachte hell. »Ob ich bei Hembach jetzt auch noch 'ne Fünf bekomme?«

»Ich denke, du hast dich in ihn verliebt?«

»Das auch. Aber das weiß er ja nicht. In erster Linie bleibt er ein Pauker, solange ich bei ihm im Kurs bin.«

6

Bei Einbruch der Dunkelheit schleppte Pepi eine lange Leiter über Nebengäßchen zur Pension Sonneck. Am Waldrand setzte er sich ins Gras, legte die Leiter neben sich und wartete auf das Aufgehen des Mondes.

Der Sturm auf die Festung Monika konnte beginnen...

In der Pension Sonneck lag alles in tiefem Schlaf, als Pepi mit seiner Leiter durch den Garten keuchte. Was er in seiner Sehnsucht nach Monika nicht bedacht hatte, wurde jetzt ein Problem: Hinter welchem Fenster schlief sie? Zunächst stellte er die Leiter an die Wand und kratzte sich am Kopf. Dann entschloß er sich, einfach in ein Zimmer zu klettern und auf leisen Sohlen von Bett zu Bett, von Zimmer zu Zimmer zu schleichen, bis er Monika gefunden hatte. Über das, was dann geschehen sollte, machte er sich keinerlei Gedanken. Das würde sich ergeben.

Pepi spannte die Muskeln, stieß einen leisen Laut aus und begann die Leiter emporzuklettern. Am Fenster, das offenstand, beugte er sich vor und starrte in das Schlafzimmer. Sein Atem stockte. Vier hübsche Mädchenköpfe. Ein langes Bein, das unter der Decke hervorsah. Eine glänzende Schulter. Und über allem lag ein zarter Duft von Parfüm. »Mei, o mei«, flüsterte Pepi, setzte sich auf die Fensterbank und schaute. Denn wo hat man schon die Gelegenheit, vier schlafende, im Bett liegende Mädchen ungehindert zu bewundern?

Aber Monika war nicht dabei. Das sah Pepi sofort. Ihre blonden Haare konnte er nirgendwo entdecken. Er ließ sich leise ins Zimmer gleiten, und es war verblüffend, wie lautlos dieser riesige Körper sich fortbewegen konnte. Auf Zehenspitzen verließ er das Schlafzimmer, trat auf den Gang und öffnete vorsichtig die nächste Tür. Wieder vier Betten. Wieder vier ahnungslos schlafende Mädchen. O mei, dachte er, hier möcht' i Hausdiener sein! So viele Maderln auf oamoi! Er ging von Bett zu Bett, betrachtete die Mädchen und stellte fest: Auch keine Monika. Also weiter.

In diesen Minuten wurde draußen im Garten die Leiter Pepis weggetragen. Eine große, dürre Gestalt schleppte sich mit ihr ab, schleifte sie zur Hecke und warf sie dort ins Gras. Der Rückzug ist versperrt, dachte Thomas böse und ruhte sich etwas aus. Was Pepi keine Mühe machte, das war für Thomas Schwerarbeit. Er sah auf seine Armbanduhr. Gleich ein Uhr nachts. Er sprang auf, rannte durch den Garten nach vorn zum Eingang und griff in die Tasche. Dann besann er sich, rannte zurück zur Seite des Hauses und legte den kleinen dunklen Gegenstand, den er aus der Tasche geholt hatte, auf einen Holzklotz. Er strich ein Streichholz an, hielt die Flamme mit der hohlen Hand an eine Zündschnur und lächelte, als diese zischend Feuer fing. Dann lief er zurück in den Schatten der Hecke und wartete auf die Wirkung, die der Kanonenschlag auslösen würde.

Pepi irrte unterdessen von Zimmer zu Zimmer. Er wurde immer nervöser, je mehr Mädchen er betrachtete und keine von ihnen Monika war. Bin ich überhaupt richtig? fragte er sich. Er kam zu Zimmer 5, schlüpfte hinein und beugte sich wieder über die Betten. Und da blieb sein

Herz stehen – denn vor ihm lagen zwei Monikas. Die gleichen blonden Haare, die gleichen hübschen Gesichter. Er fuhr sich mit seiner riesigen Hand über die Augen. Aber es half nichts, es blieben zwei. Mit allem hatte er gerechnet, nur nicht damit. Um ehrlich zu sein – er begriff auch gar nicht, was er da sah. So etwas gab es einfach nicht! Er beugte sich über Monika und dann über Karin, berührte vorsichtig ihre Haare und stellte fest, daß beide natürlich waren und es sich nicht etwa um Schaufensterpuppen handelte. Noch ehe er zu einem Entschluß kam, wem er sich nun zuwenden sollte, erschütterte draußen ein ohrenbetäubender Knall das Haus. Es war, als habe ein Blitz eingeschlagen.

Mit einem Schlag fuhren achtzehn Mädchen aus ihren Betten. Dr. Hembach sprang mit einem Satz zum Fenster, schlaftrunken, aber doch reaktionsschnell. Dem Donnerschlag folgten Schreckensschreie, und in Zimmer 5 starrten vier Mädchen völlig verdattert auf den Muskelmann, der im gnadenlosen Licht der Deckenlampe keine Möglichkeit sah, sich zu verkriechen. Er machte einen Satz auf Monika zu, und als diese in die Zimmerecke lief, wandte er sich an Karin, ein Turm von einem Mann, der nichts anderes wollte als Zärtlichkeit.

»Die Haarsprays!« schrie Karin und rannte zum Waschtisch. Sie ergriff die Sprühdosen, warf sie den anderen Mädchen zu und näherte sich dann mit einem breiten Lächeln dem ratlosen Pepi.

»Monika«, stammelte er, »i wollt' doch nur ... i wollt' sagn, daß i –« Weiter kam er nicht. Der Strahl aus vier Haarspraydosen zischte ihm ins Gesicht. Er bekam keine Luft mehr, die Augen verklebten, er fühlte sich wie mit einer Schicht Gelatine überzogen, in die Lungen trat das kribbelnde Gas, er mußte husten und sah die Welt nur noch wie durch eine dicke, blinde Scheibe. Endlich flüchtete er. Er rannte aus dem Zimmer, und es war, als sei ein Nilpferd wild geworden. Er hörte das laute Kreischen und Lachen der Mädchen und den vielstimmigen Ruf: »Ein Kerl, ein Kerl!«

Meine Leiter, dachte er, zu meiner Leiter! Er stürmte in das Zimmer, durch das er eingestiegen war, stieß ein Mädchen zur Seite, das sich ihm in den Weg stellte, und erreichte das Fenster. Aber da war keine Leiter mehr. Weiß fiel die Hauswand nach unten ab. Einen Augenblick war er verwirrt und begriff gar nichts mehr. Das ist ein verhextes Haus, dachte er. Hier stimmt überhaupt nichts mehr. Zwei Monikas, keine Leiter mehr, es donnert aus einem klaren Sternenhimmel – Pepi, hinaus aus dieser Hölle! Er warf sich herum und sah in der Tür die Referendarin stehen.

»Polizei!« schrie sie nach hinten in den Flur. »Dr. Hembach, sofort die Polizei!«

Das Wort Polizei war für Pepi wie ein Signal. Mit einem Anlauf riß er die Referendarin um. Dann rannte er die Treppe hinunter und traf dort auf Dr. Hembach, der im Schlafanzug in der Diele stand, einen Stuhl in der Hand, und wie ein Tierbändiger aussah. Ein Stuhl hat vier Beine – das sind vier Stacheln gegen den Angreifer. Es gibt kein besseres Werkzeug zur Verteidigung als einen Stuhl!

Pepi grunzte laut, als er die neue Gefahr sah. Mit einem verzweifelten Satz sprang er Dr. Hembach an, der sofort den Stuhl hochriß. Wie ein Felsklotz krachte Pepi in die vier Stuhlbeine. Dr. Hembach fiel nach hinten auf den Boden, bekam den Stuhlsitz auf das Gesicht und war kampfunfähig. Die Treppe herunter sprangen schreiende und lachende Mädchen, Haarspraydosen in den Händen, und verstellten Pepi den Weg zur Haustür. Als er sich brüllend in die hübsche Mauer stürzte, empfing ihn ein Sprühregen, der schlimmer als Tränengas wirkte. Noch einmal warf er sich vor, erreichte die Haustür, riß sie auf und stürzte in den Garten. Mit Riesenschritten flüchtete er in den Wald, und erst nach einigen Minuten, im Schutz der Nacht, blieb er stehen und lehnte sich an einen Baumstamm. Sein Gesicht war dick belegt mit einem klebrigen Film. Seine ganze Mundhöhle fühlte sich wie Leim an.

Karin und andere Mädchen bemühten sich unterdessen um Dr. Hembach, der unter dem zerbrochenen Stuhl lag.

Niemand sah Thomas. Er konnte ungehindert den Garten verlassen, denn in der Pension Sonneck begann sofort ein Verhör.

Dr. Hembach hatte die Schülerinnen um sich versammelt. »Wer kennt den Einbrecher?« fragte er streng.

Die Mädchen schwiegen. Sie kannten ihn alle, aber wer wird ein Abenteuer abbrechen, bevor es richtig begonnen hat? Hierin waren sich alle Mädchen einig: Die Tage bis zur Rückkehr nach Köln würden noch turbulent werden, wenn Pepi sich weiterhin in der Nähe blicken ließ.

»Keine?« Dr. Hembach schlug auf den Tisch. »Meine Damen, halten Sie mich nicht für blöd! Der Mann ist eingestiegen, um eine von Ihnen zu besuchen! Das ist unerhört! Ich werde den Vorfall morgen dem Chef melden! Wenn es nach mir ginge, würde Ihre Freizeit sofort abgebrochen! Also – wer war der Mann?« Er sah zu den beiden Etzel-Mädchen hinüber. Daß der Mann gerade in deren Zimmer gestellt wurde, war bezeichnend. Es paßte zu Karin, solche dunklen Elemente anzulocken. Dr. Hembach sah sie lange und fragend an. Merkwürdigerweise tat ihm das weh. Sein Herz war schwer, er dachte an den Tanzabend am Seeufer, an den Blues, bei dem er gar nicht mehr das Gefühl hatte, eine Schülerin im Arm zu halten. »Karin?« rief er mit belegter Stimme.

»Ja, Herr Doktor?« antworteten zweistimmig die Etzel-Mädchen.

»Sie nicht, Monika, aber Sie, Karin.«

»*Ich,* Herr Doktor?« Karin sah Dr. Hembach aus ihren großen blauen Augen an.

»Ja, Sie! In Ihrem Zimmer war der Mann!«

»Verzeihung, Herr Doktor, ich wohne nicht allein auf Zimmer fünf.«

»Ihre Schwester und die beiden anderen kenne ich so gut, daß ich glaube, ihnen trauen zu können. Aber Sie, Karin . . .«

Die Schülerinnen kicherten leise. Dr. Hembach ärgerte sich. Er hatte sich auf einen falschen und gefährlichen Weg begeben.

Karin sah an sich hinunter und tat sehr bedrückt. Wie kann er annehmen, daß ich ein Nilpferd wie diesen Pepi ins Zimmer hole, wenn ich mit *ihm* Blues tanze! dachte sie. »Ich habe mit der ganzen Sache nichts zu tun«, meinte sie schüchtern, und ausnahmsweise sagte sie jetzt die Wahrheit. »Ich habe den Mann schon einmal am Strand gesehen, er schwamm im See neben mir – das ist alles.«

»Und mich hat er auch schon mal beim Baden angesprochen«, sagte Monika laut, »er wußte sogar meinen Namen.«

»Sie, Monika?« Dr. Hembach war betroffen.

»Ich kenne ihn nicht, er war zudringlich, und ich habe ihn einfach stehen lassen. Das ist alles.« Monika hob die schönen Schultern.

Wieder stellte Dr. Hembach verblüfft fest, wie ähnlich sich diese Zwillinge waren. Und doch hatte er in diesen wenigen Tagen gelernt, sie zu unterscheiden. Karin hatte einen anderen Blick, fordernder, wissender... »Es ist gut«, sagte er. »Herr Riedl« – das war der Pensionswirt – »hat schon die Polizei angerufen. Sie kommt gleich. Sie wird diesen Kerl schnappen und dann erfahren, wer von Ihnen, meine Damen, der Anlaß war. Was dann kommt, wissen Sie. Ich gebe also der Betroffenen bis morgen mittag Zeit, sich mit mir unter vier Augen auszusprechen. Verstanden?«

Die Mädchen nickten stumm. Bedrückt gingen sie in ihre Zimmer.

Dr. Hembach wusch sich noch im Badezimmer, zog sich einen Holzsplitter aus dem Oberarm und kehrte dann in sein Zimmer im Parterre zurück. Auf dem Nachttisch, neben seinem Feuerzeug, einer Schachtel Zigaretten und einem Glas Mineralwasser, lag ein Briefumschlag. Er hatte vorher nicht dagelegen. Er öffnete ihn und zog ein Foto heraus. Ein tanzendes Paar, eng aneinandergeschmiegt. Seine Hand lag auf ihrer Schulter, ihre Arme schlangen sich um seinen Nacken. Sie hatten glückliche, in sich versunkene Gesichter. Ein schönes Paar. »Verflucht!« brummte Dr. Hembach und atmete schwer. Dann zerriß er das Bild und legte sich nervös auf das Bett. Er wußte, warum dieses Bild heimlich auf seinen Nachttisch gelegt worden war. Es war die Antwort auf seine unausgesprochene Frage: »Was hat der Mann bei Ihnen gemacht, Karin?« Es war eine Antwort, die ihn in große Konflikte stürzte.

Zu Hause erwarteten Ludwig Etzel eine aufgelöste Frau und ein wortreicher Hausfreund. Lucia fiel ihrem Mann weinend um den Hals, was Beljonow gar nicht gefiel, denn es paßte nicht in seinen Plan.

Rechtsanwalt Dr. Schachtner tat noch ein übriges, indem er den sich leicht wehrenden Tenor aus dem Zimmer drängte. »Es ist jetzt nötig, daß wir die Eheleute allein lassen«, erklärte er.

»Lucia ist mit den Nerven total am Ende«, protestierte Beljonow.

»Eben. Da kann am besten der Mann helfen. Oder haben Sie andere Erfahrungen?«

»Nein. Natürlich nicht.« Ein unangenehmer Mensch, dieser Rechtsanwalt Schachtner, dachte Beljonow. Warum hat Etzel ihn bloß mitgebracht?

Ludwig kam ohne Umschweife zur Sache. »Wieso ist Peter im Schwarzwald gewesen und nicht hier geblieben?«

Lucia trat an das Fenster und blickte in den herrlichen Garten. Es war unmöglich, jetzt dem forschenden Blick ihres Mannes standzuhalten. »Ich habe gedacht... die gute, würzige Waldluft... er ist unter gleichaltrigen Jungen... was hat er denn hier? Den Garten, den er kennt. Die Freunde sind alle in den Ferien.«

»Ich dachte, du hättest Zeit, mit ihm wegzufahren. Eine Rheintour zu den alten Burgen. Die Mosel hinauf. Vielleicht acht Tage an die Nordsee, wenn du schon so eingespannt bist mit deinen ewigen Parties... Acht Tage hättest du für deinen Sohn übrighaben können.«

»Willst du mir Vorwürfe machen?« fragte Lucia mit belegter Stimme. »Gerade jetzt und gerade du?«

»Was heißt das: gerade du?«

»Du bist doch nie zu Hause, kümmerst dich nicht um uns! Du fährst in der Welt herum...«

»Nicht, um Geld auszugeben, sondern um es zu verdienen, um dir und den Kindern alles bieten zu können. Ich schufte wie ein Lastesel, damit es euch gut geht!«

»Geht es uns gut?« Lucia preßte die Stirn gegen die Scheibe. »Habe ich dich?«

»Du hast deine Parties, deine Freundinnen, den Sportwagen, das Theaterabonnement, spielst Golf und Tennis, besitzest die teuersten Kleider, ein herrliches Haus – was willst du denn eigentlich noch mehr?«

Lucia schaute ihn lange an. »Glück«, sagte sie leise, »Glück und eine normale Ehe, Familienleben, zu dem auch ein Vater gehört – denn Kinder, auch wenn sie älter werden, brauchen den Vater ebenso wie die Mutter.«

»In zwei Jahren ist es besser. Dann habe ich die dänischen Bauten fertig und kann mich etwas ausruhen.«

Lucia fuhr herum. »In zwei Jahren bin ich über vierzig! Die schönsten Jahre sind weg, der Lack ist ab. Zwei Jahre, das ist eine lange Zeit.«

»Das ist ja absoluter Schwachsinn, was du da erzählst, Lucia. Wie kann sich in deinem Kopf so etwas zusammenbrauen?«

Lucia lächelte gequält. »Ach Ludwig, ich wünschte, es wäre Schwachsinn! Wie gerne würde ich mich davon überzeugen lassen! Aber sieh doch mal die Realität an: Wir leben wie zwei Einzelgänger nebeneinander her, fast wie Fremde; dabei haben wir geheiratet, um zusammenzuleben, wenn du dich erinnerst...«

Ludwig saß betroffen auf der Sessellehne und schaute durch die Terrassentür in den wunderschön angelegten Garten hinaus. Die kleine Seejungfrau am Teich, die Seerosen auf dem Wasser, die Birke, unter deren tiefhängenden Zweigen die Zwillinge früher so gerne gespielt hatten, Peters knorriger Kletterbaum – er bot seiner Familie doch alles! Er rackerte sich ab, verdiente viel Geld, hatte einen internationalen Namen als Architekt, von dem seine Frau und die Kinder schließlich auch profitierten. Und als Dank hörte er nur Klagen. Er verstand das nicht. Oder machte er sich da etwas vor? Verstand er Lucia in Wirklichkeit viel besser, als er zugab, wollte er, wenn er sich ehrlich prüfte, mit ihr tauschen, mit diesem Leben ohne Beruf, ohne die damit verbundene Anerkennung von außen? Freilich, sie zog die Kinder groß; aber das war eine Tätigkeit, die sich überwiegend aus täglichem Kleinkram zusammensetzte, auf jeden Fall eine Tätigkeit ohne äußeren Glanz. Außerdem tat sie es ohne ihren Mann – und sie sehnte sich natürlich, wie jeder Mensch, nach dem Partner, mit dem sie über ihre Sorgen und Probleme sprechen konnte.

Jetzt nur nicht weich werden, befahl er sich selbst. Immerhin betrügt sie mich mit diesem unbegabten Minnesänger, und sie hat Peter in einem Ferieninternat abgegeben wie ein Gepäckstück. Er sprang auf. »Peter ist weg«, sagte er scharf, »und das geht nun eindeutig auf dein Konto!«

Lucia fuhr herum. Ihre dunklen Augen sprühten. »Du machst es dir verdammt einfach!« schrie sie plötzlich und ballte die Fäuste. Oh, sie konnte schreien, wenn der Zorn sie packte! »Das ist nämlich sehr einfach, von weither zu kommen und mir die Schuld zu geben, während man sich in Kopenhagen mit seiner Sekretärin herumtreibt!«

»Laß die Aurach aus dem Spiel!«

»Ach, rupfe ich dem Vögelchen an den Federn, wenn

ich nur ihren Namen nenne? Kann sie es gut, von der Liebe singen?«

»Und so benimmt sich eine Mutter, deren Sohn irgendwo in Deutschland herumirrt«, sagte Ludwig bitter. Doch dann schlug er mit der flachen Hand auf den Tisch. »Peter ist seit drei Tagen verschwunden, warum rufst du mich erst jetzt an?«

»Weil ich es selbst nicht wußte.«

»Wieso?«

»Ich war nicht da.«

»Ach! Und wo warst du?«

Lucia sah ihren Mann mit dem Mut der Verzweiflung an. »Ich bin im Schwarzwald geblieben, nachdem ich Peter abgegeben hatte. Ich wollte auch mal drei Tage Ruhe haben.«

»Allein?«

»Nein. Henk war bei mir!«

Ludwig setzte sich wieder auf die Sessellehne. »Dieser dicke Hirnlose? Dieses singende Walroß? Mein Gott, wenn ich dich bloß verstehen könnte! Das alles ist doch ein Witz!«

»Es ist keiner!« zischte sie. Sie sah, daß Ludwig betroffen war. Das tat ihr gut, und sie hieb weiter in die frische Wunde. »Henk ist ein guter Freund! Er hat mich getröstet. Er versteht die Seele einer Frau.«

Ludwig atmete tief durch. Das Studium, die ersten Aufträge, die Geburt der Zwillinge, das große Glück in der Dreizimmerwohnung, der Aufstieg, der Berg von Geld, der plötzlich vor ihnen lag, der Platz an der Sonne des Ruhmes, der kleine Peter, die neue Villa in Köln – welch ein Flug in die Höhe! Und was blieb davon übrig? Eine Frau, die ihn mit einem dicken russischen Sänger betrog, eine Frau, die nur Mutter war, weil sie zufällig Kinder hatte, eine Frau, die alles aufgeben konnte, einer flüchtigen Leidenschaft wegen. »Wir lassen uns also scheiden?« fragte er rauh.

»Man sollte darüber reden.«

»Dr. Schachtner ist mitgekommen – besser geht es also nicht. Und der Herr Liebhaber ist auch da! Man kann also alles am runden Tisch erledigen.«

»Es scheint so, als freutest du dich!« Sie starrte ihn haßerfüllt an. »Dein Täubchen Aurach wartet wohl schon im Nest?«

»Wenn dein Verhältnis so ist wie meins zu der Aurach, dann wären solche Worte gar nicht nötig.« Er ging zur Tür und riß sie auf.

Nahe der Tür stand Beljonow an der Wand. Es schien, als habe er alles von der lauten Unterhaltung mitbekommen. Er lächelte Ludwig breit und provozierend an.

»Sie können meine Frau mitnehmen«, schrie Ludwig, »sofort!«

»Das ist ein gutes Angebot.« Beljonow hob die Hände. »Aber bevor wir diese Angelegenheit erledigen, sollte man erst den Sohn suchen. Sie sollten so viel Gentleman sein, Etzel, daß Sie erst einmal ein mütterliches Herz beruhigen.«

Einen Augenblick schien es so, als wolle sich Ludwig auf den Sänger stürzen. Ich ohrfeige ihn aus meinem Haus, dachte er in höchster Erregung. Ich trete ihn in den Hintern, so wie man früher die Leibeigenen behandelt hat. Dieses dicke, impertinente Schwein! Aber er beherrschte sich und ging zu Dr. Schachtner, der schon das Schlimmste befürchtet hatte.

»Fahren wir zur Polizei!« schlug Ludwig plötzlich sehr

matt vor. »Wenn Peter nichts zugestoßen ist, muß man ihn irgendwo aufgreifen. Ist ihm etwas geschehen, dann...« Er sah seine Frau an. In diesem Blick lag die Anklage: Es ist allein deine Schuld!

Mit einem Ruck wandte sich Lucia ab und ging zu Beljonow, der schützend die Arme um sie legte.

In der Nacht mußte der Hausarzt geholt werden; Ludwig hatte einen Herzanfall erlitten. Die Aufregungen, die Enttäuschung über seine kaputte Ehe, die Sorge um Peter – all das war zu viel gewesen.

Besorgt gab ihm der Arzt eine Spritze. »Keine Aufregung mehr, Herr Etzel«, ermahnte er ihn sehr ernst zum Abschied, »sonst ist der Herzinfarkt vorprogrammiert.«

Der Patient lächelte müde. Der hat gut reden, dachte er, keine Aufregung! Diese einfache Medizin ist mir doch ganz offensichtlich nicht vergönnt, wie man sieht. Mit diesem Gedanken schlief er, da die Spritze zu wirken begann, ein.

Lucia, die an seinem Bett gesessen hatte, erhob sich leise und ging in die Eingangshalle. Dort, an der Bar, mixte sie sich einen starken Cocktail, warf Eis hinein und stürzte ihn hinunter. Sie brauchte jetzt dringend Alkohol; etwas in ihrem Innern hatte in den letzten Jahren einen Knacks bekommen – sie wußte nur nicht, wie das geschehen konnte und warum. Sie war sich selbst ein Rätsel. Der Alkohol würde es zwar auch nicht an den Tag bringen, aber mit ihm ertrug sich alles etwas leichter.

Die beiden Männer in ihrem augenblicklichen Leben, sie unterschieden sich voneinander wie zwei Welten – und jeder Vergleich mußte für Beljonow schlecht ausgehen. Er, der mittelmäßige Sänger, der seine Mittelmäßigkeit durch aufgeblasenes Gehabe zu vertuschen versuchte, konnte Ludwig nicht das Wasser reichen, weder beruflich noch geistig und schon gar nicht im äußeren Auftreten. Ludwig hatte sich im Lauf der Zeit zu einem Weltmann entwickelt, der sich auf jedem Parkett zu Hause fühlte, gewandt, großzügig, charmant und beruflich hundertprozentig kompetent. Ein Profi durch und durch, was jeder, der mit ihm zu tun hatte, sofort spürte. Und auch ihr hatte das früher gewaltig imponiert! Von seinem Glanz hatte sie immer etwas abbekommen, sie wurde mit ihm bewundert, mit ihm verehrt. In dem strahlenden Licht seiner Sonne lebte es sich gut. Aber dann kamen die Zeiten seiner Abwesenheit, immer etwas länger, immer etwas selbstverständlicher; die Telefongespräche wurden seltener, blieben oft über mehrere Tage ganz aus. Und wenn sie ihrerseits spätabends in den jeweiligen Hotels anrief, bekam sie die Auskunft, er sei leider nicht zu erreichen.

Solche Abende zogen sich dann endlos hin, es sei denn, sie konnte sich mit Parties oder anderen gesellschaftlichen Verpflichtungen ablenken. Doch es waren eben nur Ablenkungen! Sie brachte die Zeit auf mehr oder minder nützliche Weise herum, ohne den Mann an der Seite, der zu ihr gehörte – und damit allmählich auch, in den Augen anderer Männer, ein Single. Beljonow hatte die Chance genutzt. Ob sie ihn liebte? Sie wußte es nicht. Er war ein guter Unterhalter, und er hatte vor allem Zeit, viel Zeit. Daß er dauernd gegen ihren Mann hetzte, störte sie, trotz allem, was sie Ludwig vorzuwerfen hatte, und trotz der Tatsache, daß sie aus ihrem Verhältnis mit Beljonow mittlerweile kein Geheimnis mehr machte. Warum sollte sie auch? Ludwig war ja ohnehin an ihr nicht mehr interessiert...

Lucia mixte sich noch einen Cocktail, ehe sie traurig die Treppe hinaufstieg, um sich endlich an der Seite ihres Mannes schlafen zu legen.

Peter saß regungslos zwischen den Hunden und wartete auf ihren Angriff. Er hatte die Augen geschlossen, die Zähne aufeinandergepreßt und wollte nicht schreien, wenn ihn der erste Biß traf. Er spürte ihre nassen, kalten Schnauzen an seinem Gesicht, in seinem Nacken, er hörte das Hecheln, fühlte ihren heißen Atem. Eine dicke Zunge glitt über sein Gesicht, rauh und naß. Aber das war alles! Die Bisse kamen nicht. Die spitzen Reißzähne gruben sich nicht in sein Fleisch. Dafür legte sich ein schwerer Hundekopf an seine linke Schulter und knurrte leise.

Peter öffnete die Augen. Vor ihm saß eine der riesigen schwarzweißen Doggen und sah ihn unverwandt an. Die Dogge hinter ihm hatte ihren Kopf liebevoll an ihn gelegt und rieb die Lefzen an seiner Wange. Vorsichtig hob Peter die Hand und streichelte den Hund. Auch die andere Dogge kam nun heran und legte sich zu Peters Füßen. Ob sie wissen, daß ich entführt worden bin? dachte er. Sie sollten mich bewachen, und nun sind sie meine Bundesgenossen. Er stand vorsichtig auf und wartete darauf, daß sie angreifen würden. Aber sie liefen neben ihm her, begleiteten ihn bis zu dem Tor, das zwischen zwei Felsen angebracht war und die enge Zufahrt zu der Villa absperrte.

Peter öffnete das Tor und trat auf den Weg. Die Hunde blieben gut dressiert stehen und begannen leise zu winseln. »Ich kann doch nicht bleiben«, sagte er und streichelte die schönen Köpfe durch das Gitter des Tores. »Euer Herrchen ist ein böser Mann. Den solltet ihr beißen!« Noch einmal sah er zu seinem Gefängnis zurück. Die Hunde winselten und steckten die Köpfe durch das Gitter. Dann lief er durch die Felsen, so schnell er konnte. Wohin, das war ihm jetzt gleichgültig. Nur weg von hier, am besten immer geradeaus. Irgendwann mußte er ja auf Menschen treffen.

Als Peter von weitem das Geräusch eines Motors hörte, verließ er die Straße und versteckte sich hinter einem Felsbrocken. Er hielt den Atem an, als das Auto schnell näher kam. Wie ein Pfeil schoß es über den holprigen Weg. Der Mann hinter dem Lenkrad hüpfte in den Lederpolstern hoch, aber er gab ungerührt Gas. Er hat es eilig, wieder zu mir zu kommen, dachte Peter und verzog spöttisch den Mund. Der wird sich wundern, wenn er das Haus leer findet.

Kaum war der Wagen vorbei, sprang Peter auf und rannte weiter. Er ahnte, daß der Mann ihn suchen würde, und einer Eingebung folgend lief er nicht weiter die Straße hinunter, sondern schlug sich seitlich in eine Schlucht, die an einem Wald endete. Dieser Wald wuchs den Berg hinunter, irgendwo rauschte ein Wasserfall. Peter sah den steilen Hang hinab, sein Herz krampfte sich zusammen. Ich muß hinunter, dachte er, hier sucht er mich bestimmt nicht. Ich muß von Baum zu Baum und mich festhalten, die Füße in den weichen Waldboden stemmen, den Oberkörper zurückwerfen. Und keine Angst haben, keine Angst. »Mutti«, flüsterte er, »Mutti, hilf mir!« Aber Mutti war weit weg, liebte den Tenor Beljonow und ließ sich von ihm küssen. Und Papi war weit weg und wußte von gar nichts.

Peter atmete tief ein. Dann faßte er all seinen Mut zusammen und rutschte auf den ersten Stamm zu. Festhalten, weiter, der nächste, festhalten, rutschen, Beine in den

Boden, festhalten. Es ging vorzüglich, es machte fast Spaß. Das werde ich in der Schule erzählen, dachte er. Darüber werde ich einen Aufsatz schreiben: »Wie ich einen Berg hinunterrutschte.« Das gibt eine Eins. So was hat noch keiner aus meiner Klasse erlebt! Erst als er schon ein Drittel hinabgerutscht war, dachte er wieder an den Mann mit dem schnellen Auto. Ob er ihn jetzt suchte?

In der Felsenvilla lief der Mann durch alle Zimmer, ehe er begriff, daß seine Geisel geflüchtet war. Das offene Fenster verriet alles. Mit einem Fluch schlug er die Tür zu, ließ die Jalousien herunter und schloß das Haus ab. Dann griff er in die Tasche und sah sich zu den Hunden um. »Kommt einmal her, ihr Lieben«, sagte er grimmig, »ganz nah, ihr dämlichen Köter! Ihr Versager! Ihr Verräter!« Er riß plötzlich eine Pistole aus der Tasche und feuerte in die zu ihm emporgestreckten schönen Hundeköpfe. Ohne einen Laut fielen die herrlichen Doggen um und streckten sich. Sie waren sofort tot. Der Mann schleifte die beiden Kadaver bis zur Terrasse, die frei über dem Abgrund schwebte, und warf die Körper in die Tiefe. Man hörte nicht einmal ihren Aufprall.

Wenig später raste der schnelle Sportwagen wieder zurück ins Tal. Den Jungen zu suchen war sinnlos, man mußte ihn abfangen, wenn er im Tal auftauchte. Und es gab nur diese eine Möglichkeit, denn links und rechts fielen die Berge steil ab und endeten in Schluchten, die noch kein Fuß betreten hatte. Wohin der Junge auch flüchtete, er mußte unten im Dorf ankommen. Und hier stand der Mann mit dem schnellen Wagen. Es war eine riesige Falle, in der Peter herumirrte, eine Falle, die nur einen Ausgang hatte. Und der war zugeschlagen.

In den Nachrichtensendungen des Fernsehens, im Rundfunkprogramm und in den Zeitungen wurde einen Tag später der elfjährige Peter Etzel gesucht. Man hatte sich dazu entschlossen, nachdem keine Polizeistreife zwischen dem Schwarzwald und der dänischen Grenze einen allein herumziehenden Jungen gesehen hatte.

Ludwig, dem der Arzt strengste Bettruhe verordnet hatte, empfing den leitenden Kommissar im Schlafzimmer.

»Wir müssen jetzt ganz auf die Mitarbeit der Bevölkerung hoffen«, erklärte der Kommissar. »Wenn der Junge auf der Wanderschaft nach Dänemark ist, muß er ja irgendwo essen, trinken, etwas einkaufen. Er hat ja genug Taschengeld dabei. Es sei denn –« Er unterbrach sich und sah ernst an die Decke.

Ludwig nahm die Frage auf. »Es sei denn?«

»Wir müssen mit Schlimmem rechnen. Gerade alleingehende Kinder sind besonders gefährdet. Mein Gott, es ist aber auch leichtsinnig, wie hier gehandelt wurde!«

»Ich hätte meinen Sohn nie in ein Ferieninternat gegeben. Ich weiß ja, wie sehr er an seinem Zuhause hängt.« Ludwig schloß die Augen. Um sein Herz legte sich wieder eine glühende Klammer. Mit Beljonow betrügt sie mich, dachte er, mit diesem dicken Dummkopf, seinetwegen vergißt sie ihre Kinder. Wie ist das nur möglich? Was hat Beljonow an sich, daß er einer so attraktiven, verwöhnten Frau wie Lucia imponieren kann? Ist es, weil er immer da ist, während ich in der Welt herumfahre? Ist »da sein« wirklich die Hauptsache im Leben?

Der Kommissar räusperte sich.

Ludwig schlug die Augen auf.

»Wir hätten schon früher mit der öffentlichen Suchanzeige begonnen, aber Ihre Gattin wollte kein Aufsehen. Außerdem sind wir erst drei Tage nach dem Ausrücken Ihres Sohnes aus dem Internat von Ihrer Frau benachrichtigt worden. Keiner wußte, wo man sie erreichen konnte.«

»Ich weiß.« Ludwig lächelte bitter. »Sie hatte in einem Schwarzwaldhotel ein langes Wochenende.« Sein Blick wurde trüb.

Mit Erschrecken sah der Kommissar, daß auch das Gesicht sich verfärbte, es wurde gelblichweiß.

»Besteht denn überhaupt noch Hoffnung?« fragte Ludwig mühsam.

»Wir geben die Hoffnung nie auf. Aber wie gesagt, wir müssen auf zwei Dinge hoffen: auf die Wachsamkeit der Bevölkerung oder auf den Zufall, daß einer der Streifenbeamten den Jungen irgendwo aufgabelt. Und das ist bei solchen Ausreißern meistens der Fall. Nur nicht den Kopf hängen lassen, Herr Etzel!«

Ludwig nickte, gab dem Kommissar die Hand und war dankbar, daß er dann wieder allein gelassen wurde. Sein Herz schmerzte. Es war ihm, als habe er kein Blut mehr im Gehirn. Alles war wie erstarrt in seinem Kopf.

Im Wohnzimmer traf der Kommissar auf Lucia, die nervös hin- und herlief und sich eine Zigarette nach der anderen ansteckte. Beljonow saß am Flügel, deutete Opernmelodien an und summte dazu.

Lucia blieb vor dem Kommissar stehen. »Sie werden den Jungen finden?« fragte sie in einer Mischung aus Angst und Aggression.

Der Kommissar bekam einen schmalen, harten Mund. »Ich hoffe es, vor allem, daß wir ihn *lebend* finden.«

Rasch wandte sie sich ab; der Polizeibeamte sollte

nicht sehen, wie ihr das Blut aus den Wangen wich, wie sie aschfahl wurde.

»Auf Wiedersehen«, sagte er kurz, »ich finde allein hinaus.« Wenig später sprang sein Auto an, und er fuhr davon.

Erschöpft sank Lucia auf einen der herumstehenden Sessel. »Hör endlich mit dem Gedudel auf!« schrie sie und hielt sich die Ohren zu. »Merkst du überhaupt nicht, daß du im Augenblick nur störst?«

Beljonow grinste. »Sachte, sachte, mein Täubchen, bisher warst du ja auch nicht gerade eine Mutterglucke.«

Fassungslos schüttelte Lucia den Kopf. »Was bist du nur für ein Mensch! Ich möchte wirklich wissen, was ich an dir finde – oder je gefunden habe!«

Beljonow spielte pathetisch eine Kadenz, wobei er das Pedal voll durchtrat, um die Töne ineinander verschwimmen zu lassen. »Hört, hört«, spottete er singend, »auf einmal bin ich der Dame nicht mehr gut genug.« Nach dem Schlußakkord drehte er sich zu ihr um. »Aber so einfach geht das nicht, nicht mit mir! Ich lasse mich nicht weglegen wie einen alten Hut, nur weil der edle Gatte mit Herzattacken aufwartet und frustrierte Söhnchen sich in Luft auflösen.«

Das war Lucia zu viel. Wütend schoß sie auf ihn zu und verabreichte ihm eine schallende Ohrfeige. »So, das hat mir gut getan«, sagte sie laut und verließ mit schnellen Schritten den Raum. Jetzt habe ich überhaupt niemand mehr, ging es ihr durch den Kopf, ich bin allein auf weiter Flur. Ludwig und ich haben uns innerlich so weit voneinander entfernt, daß wir wohl kaum noch einmal zueinander finden werden. Beljonow, der Tröster in einsamen Stunden, wird nun auch sein Bündel schnüren und gehen.

Die Zwillinge sind fast erwachsen, und Peter – in Gedanken an ihn wurde ihr einen Augenblick schwarz vor Augen. Erschöpft ließ sie sich auf die unterste Stufe der Treppe sinken und atmete tief durch. Vielleicht gab es dennoch irgendwo ein Licht?

Beljonow brauchte ein paar Sekunden, ehe er begriff, was sich soeben abgespielt hatte. Da er überwiegend in Klischees dachte, fiel ihm auch hierzu nichts anderes ein als die allgemeine Floskel: Frauen sind eben unberechenbar, und schöne Frauen sind obendrein auch noch temperamentvoll. Sei's drum! Er, Beljonow, wollte nicht allzu viele Gedanken an solche Gefühlsduseleien verschwenden. Irgendwann würde Lucia schon wieder zur Vernunft kommen und ihn um Verzeihung bitten. Noch einmal schlug er in die Tasten, dann erhob er sich und verließ dieses heute so ungastliche und wenig gemütliche Haus.

Von all dem, von den Fernseh- und Rundfunkdurchsagen, erfuhr man in St. Wolfgang nichts.

Der Deutschkurs machte eine Bergwanderung. Mit Rucksäcken, in Jeans oder Cordhosen, in stabilen Bergstiefeln und unter viel Gelächter zogen die Mädchen in die Felsen. Vorweg marschierte Dr. Hembach, den Schluß bildete die Referendarin. Als Tagesziel hatte man sich vorgenommen, die Brudlerhütte zu erreichen. Dort sollte zünftig am offenen Feuer gekocht und im Stroh übernachtet werden; am nächsten Morgen wollte man den Sonnenaufgang über dem Wolfgangsee erleben.

Sie sangen Wanderlieder, von zwei Gitarren und einer Mundharmonika begleitet. Dr. Hembach hatte sich schon vor dem Abmarsch gewundert, wie sich seine Schülerinnen verwandeln konnten. Am Abend waren sie alle junge

Damen, jetzt benahmen sie sich wieder wie gute Kumpel, trugen ihre Rucksäcke und waren blendender Laune. Wenn man sie so sieht, dachte er, muß man ihnen vieles verzeihen. Sie können sehr fair sein, und dann sind sie wieder richtige Biester, die einem graue Haare wachsen lassen.

Er hätte von einer Sekunde zur anderen weiße Haare bekommen, wenn er gewußt hätte, wer den hübschen Mädchen durch die Bergwälder und Felsschluchten folgte. Wie ein finsterer Rächer stampfte Pepi Lachmaier durch die Berge. Ihn trieb die erlittene nächtliche Niederlage vorwärts. Ich hole mir meine Monika, das blonde Luder, dachte er. Sie wandern zur Brudlerhütte. Mei, da kenn' i jeden Stein! Ich hole mir meine Monika aus dem Stroh, und wenn der Teufel sie bewacht!

Pepi folgte ihrerseits eine Gestalt, getrieben von Eifersucht und Angst: Thomas Andau. Er hatte sich bei seinem Kursleiter krankgemeldet, während die anderen Jungen eine Seefahrt nach St. Gilgen unternahmen. Als sie abmarschiert waren, hatte er sich auf den Weg zur Pension Sonneck gemacht. Er sah gerade noch, wie sich Pepi aus einem Busch löste und hinter den Mädchen hertrottete.

7

Die Schülerinnen erreichten die Brudlerhütte um die Mittagszeit. Dr. Hembach hatte den Hüttenschlüssel bei sich und schloß auf. In wenigen Sekunden waren alle verriegelten Fenster aufgestoßen, die Mädchen schleppten Kochtöpfe und Geschirr ins Freie. Zwei von ihnen pumpten sechs Eimer voll eiskalten Bergwassers, während andere mit ihrem Lehrer dabei waren, aus Steinen Kochstellen zusammenzubauen, über die man dann die Töpfe hängen wollte, ganz nach alter Siedlerart. Der Speisezettel stand fest: Erbsensuppe mit Schinkeneinlage. Es war schon jetzt sicher, daß sie köstlicher schmecken würde als das beste Menü im Kurhaus.

Pepi hielt sich schön brav im Wald und legte sich in einiger Entfernung von der Hütte zwischen die Stämme. Das Lachen, das zu ihm herüberklang, regte ihn noch mehr auf. Er lag auf dem Bauch und starrte auf das Gewimmel vor der Hütte. In der Nacht, dachte er, bin ich nicht mehr so blöd wie damals! Nur wußte er auch jetzt nicht, wie er ungesehen an Monika herankommen sollte. Vielleicht kam ihm ein Zufall zu Hilfe, vielleicht ging sie im Mondschein spazieren, am Waldrand entlang – dann würde er zugreifen, ihr seine große Hand auf den Mund drücken und sie in den Wald ziehen.

Hinter ihm, gedeckt durch einen Busch, lag Thomas im weichen Waldboden und wartete gleichfalls. Er wußte, daß er sich fast Unmögliches vorgenommen hatte. Ein

Kraftprotz wie Pepi konnte ihm mit einem Schlag den Kopf zertrümmern – wenn er den Kopf traf. Das war die einzige Chance, die sich Thomas ausrechnete: seine Schnelligkeit, seine Intelligenz und das Judo, das er in einem Sonderkurs gelernt hatte. Ob er aber wirklich in der Lage war, einen Koloß wie Pepi auf den Rücken zu werfen, bezweifelte er.

So lagen sie beide im Wald, wie Raubtiere, die auf ihre Opfer lauern, als Monika sich aus dem Kreis der Mädchen löste und langsam auf den Waldrand zuging. Sie hatte den Auftrag bekommen, trockenes Reisig zu suchen.

Pepi grunzte freudig, als er Monika auf sich zukommen sah. Seine Nacken- und Rückenmuskeln strafften sich. Auch Thomas war sprungbereit. In seinen Augen standen Angst und wilde Entschlossenheit zugleich. Soll ich ihr zurufen: »Halt! Geh nicht weiter!«? fragte er sich. Soll ich mich auf Pepi stürzen, bevor er etwas unternehmen kann? Soll ich so laut brüllen, daß alle aufmerksam werden?

Er atmete auf, als Monika plötzlich die Richtung wechselte und seitlich zu einer Bergwiese abschwenkte, die etwas tiefer lag und von der Hütte aus nicht gesehen werden konnte. Hier wuchsen herrliche Bergblumen, und es war klar, daß Monika einen Strauß pflücken wollte.

Pepi erhob sich lautlos und schlich am Waldrand entlang zur Wiese. Auch Thomas lief, aber schneller als Pepi, und in einem weiten Bogen erreichte er die Wiese, bevor Monika über den leichten Hang kam und Pepi wie ein tappender Bär zwischen den Stämmen sichtbar wurde.

Mit einem leisen Aufschrei blieb Monika stehen, als Pepi aus den Bäumen stürzte und sich ihr in den Weg stellte. »I bin dir nachgelaufen!« rief er schwer atmend. »Mit mir spielt man nicht, i bin a ehrlicher Mensch, und ich liebe dich. Und du hast mir auch gesagt, daß du mich magst! Nun kannst's zeigen.«

»Machen Sie, daß Sie wegkommen!« Monika sah sich um. Hinter ihr lag der Hang. Das Lachen der anderen Mädchen war weit weg. Wenn sie um Hilfe rief – wer hörte sie hier? Eine schreckliche Angst ergriff sie. Sie warf sich herum und wollte zurücklaufen, aber die massige Gestalt Pepis baute sich auf wie eine Mauer.

»Du kommst mir net aus«, keuchte er und spreizte die Finger, »i bin koa Fußball, den man wegtritt. Warum bist du mit mir in der Nacht zum Stall gangen?«

»Ich kenne Sie überhaupt nicht«, schrie Monika in höchster Angst, »vielleicht meinen Sie meine Schwester?«

»Bist du die Monika?«

»Ja!«

»Und kennst mi nimmer?«

»Ich habe Sie nie gesehen.«

»Du verdammtes Luder!« schrie Pepi. Er stürzte sich auf Monika, packte sie an den Schultern, und als sie schrill um Hilfe schrie, legte er ihr die Hand über das Gesicht und warf sie mit einem Schwung ins hohe Gras.

In diesem Augenblick hatte Thomas mit großen Sprüngen Pepi erreicht. Von hinten fiel er ihn an und hieb ihm mit der Faust auf den Kopf. Er legte alle Kraft hinein, aber es schien, als ob Pepi nur gestreichelt worden wäre. Erstaunt drehte er sich um, während Monika sich schnell ein paar Meter wegrollte und dann mit weiten, ängstlichen Augen im Gras hockte und auf die beiden Gegner starrte.

»Du?« drohte Pepi dunkel. »I mach' Kleinholz aus dir.« Er hob beide Arme und stürzte auf Thomas zu, aber dieser wich geschickt aus, streckte ein Bein vor, ergriff von der Seite Pepis rechten Arm und sandte ein Stoßgebet zum

Himmel. »Ahaho«, brüllte er, setzte einen Hebelgriff an und begriff selbst nicht, wie der riesige Körper sich in der Luft drehte und dann auf die Erde prallte.

Auch Pepi schien es unbegreiflich. Er schüttelte sich, sprang auf und rannte mit Gebrüll auf Thomas zu. Und wieder geschah das Wunder: Das Gras war plötzlich oben, der Himmel unten, dann schlug er mit der Stirn auf einen Stein und spürte, wie die Haut aufplatzte und das Blut über sein Gesicht lief. Das machte ihn rasend, aber es half nichts mehr. Kaum auf den Knien, fiel er schon wieder um, schlug auf den Hinterkopf auf und spürte dann einen Hagel von Schlägen gegen sein Kinn, die er nicht abwehren konnte. Er brüllte und schlug mit den Fäusten um sich. Thomas schlug auf ihn ein, als gelte es, einen Stein zu zertrümmern.

Dann lag Pepi plötzlich still im Gras. Taumelnd erhob sich Thomas und wankte auf Monika zu, die noch immer im Gras kniete.

Ihre Bluse war von dem einzigen Griff Pepis an der Schulter zerrissen. »Du ... du hast ihn erschlagen?« stammelte sie. »Ist er tot?«

»Nein. Nur bewußtlos.« Thomas stützte Monika, als sie sich erhob. »Bist du verletzt? Hast du Schmerzen?«

»Nein. Gar nichts.« Monika starrte auf die mächtige Gestalt Pepis. Sie rührte sich noch immer nicht. »Er ist doch tot«, flüsterte sie entsetzt.

»Nein, ganz bestimmt nicht. Komm, ich bringe dich zum Bach.« Er stützte sie und ging langsam mit ihr zum Bergbach.

Am Ufer kniete Monika nieder und wusch sich das Gesicht. Wie köstlich war das kalte, klare Wasser!

Thomas sah ihr stumm zu. Sein Herz war voller Liebe.

Wo gibt es solch ein Mädchen wieder? dachte er. Wir sind beide noch so jung, das stimmt, aber schon alt genug, um zu wissen, wie einem das Herz schwer sein kann, wenn man sich verliebt hat. »Warum hast du mich damals geschlagen?« fragte er tief atmend, als sich Monika wieder aufrichtete. »Du hast mich doch zuerst geküßt, Karin.«

»Ich bin nicht Karin«, erwiderte Monika ruhig.

Thomas' Blick wurde traurig. »Fängst du bei mir jetzt auch so an wie bei Pepi?«

»Ich bin wirklich nicht Karin, Thomas, ich bin Monika.«

»Es ist gut.« Thomas wandte sich ab. »Ich habe dir geholfen, das war selbstverständlich. Aber daß du dann so ekelhaft bist... Mach's gut, Karin!«

Er wollte gehen, aber Monika hielt ihn am Arm fest. Widerwillig blieb er stehen.

»Sieh mich an, Thomas«, sagte Monika leise, »sieh mich genau an. Ich sehe aus wie Karin, aber ich bin Monika. Wir sind Zwillinge. Keiner kann uns auseinanderhalten.«

Thomas fuhr herum. Er starrte Monika an und griff sich dann mit beiden Händen in die Haare. »Das ist doch unmöglich! So etwas gibt es doch nicht!«

»Ich werde dir Karin zeigen. Man kann uns nur unterscheiden, wenn wir Broschen mit den Anfangsbuchstaben unserer Namen tragen. Und ich bin Monika.«

Thomas' Blick glitt über ihre Haare, das Gesicht, die Figur. Es war schwer zu begreifen, daß es zwei so vollkommen gleichartige Menschen gab. »Wer... wer war das dann, auf der Wiese?«

»Karin.«

»Und du hast mir beim Wiedersehen die Ohrfeige gegeben?«

»Ja. Ich sollte für Karin absagen, aber du hast mich gar nicht zu Wort kommen lassen. Du hast dich auf mich gestürzt wie ein Irrer.«

»Das tut mir leid. Aber Karin hatte mich beleidigt.« Thomas wandte sich wieder ab. Er schämte sich.

»Karin kann manchmal ziemlich biestig sein. Sie hat Freude daran, Verwirrung zu stiften, mit Gefühlen zu spielen, alle Männer verrückt zu machen. Und nachher weiß keiner, wer es nun gewesen ist, wenn man uns nebeneinander sieht. Ich weiß nicht, woher Karin das hat. Immer muß ich alles ausbügeln. Aber ich weiß, einmal geht das nicht mehr. Einmal gibt es eine Katastrophe mit ihr!«

»Dann habe ich eigentlich immer dich gern gehabt«, sagte Thomas leise.

»Nein, Karin.«

»Aber du bist ganz andes als sie. Du bist so, wie ich mir meine Freundin vorstelle. Darf ich das sagen?«

»Ja, das darfst du.« Monika lächelte ihn an.

Er schob seinen Arm unter den ihren und lächelte zurück. »Kann ich dich wiedersehen?« fragte er.

»Ja«, erwiderte Monika.

»Ohne Ohrfeige?«

»Ich hoffe es.«

»Komm, ich bringe dich bis zum Waldrand.«

»O Gott, ich sollte ja Reisig sammeln.«

»Ich helfe dir dabei.«

Sie gingen Arm in Arm zum Wald, vorbei an Pepi, der noch immer ohnmächtig auf dem Rücken lag. Aber er atmete tief, und das beruhigte Monika. Schaudernd wandte sie sich ab und drückte sich enger an Thomas.

Sie sammelten schnell einen Arm voll Reisig, und dann stellte sich Monika plötzlich auf die Zehenspitzen und gab

Thomas einen Kuß. »Danke, Tom«, rief sie, »danke für alles!», und schnell lief sie davon zur Hütte.

Thomas sah ihr im Schutz der Bäume nach. Er fühlte sich glücklich.

Der Mann mit dem schnellen Sportwagen wartete vergeblich an der Talstraße. Weit und breit kein Peter Etzel. Als es dunkel wurde, begann der Mann unruhig zu werden. Er verließ seinen Wagen und wanderte ein Stück in die Berge. Was kann geschehen sein? dachte er. Entweder hält er sich in den Schluchten versteckt, dann kommt er bald heraus, denn der Bergwald ist unheimlich, gerade in der Nacht und für einen Jungen, der so etwas nicht kennt. Oder er ist abgestürzt, irgendwo einen der vielen Steilhänge hinunter. In diesem Fall wäre es sinnlos zu suchen. »Das ist eine Sauerei!« schimpfte der Mann laut und fuhr ins Dorf zurück. Dort rief er wieder von der Gastwirtschaft aus den Unbekannten in Deutschland an, mit dem er zuvor gesprochen hatte. »Vorerst alles abblasen«, erklärte er mit stockender Stimme. »Es ist eine Panne passiert, der Junge ist weg.«

»Als ob ich es geahnt hätte!« erwiderte der Mann in Deutschland. »Ich halte meine Finger da raus! Ich mache keine heißen Sachen mehr! Bei einem Architekten ist sowieso nicht viel zu holen! Haben wir das nötig?«

»Ja.« Der Mann mit dem Sportwagen atmete tief ein. »Ich habe in Neuenahr und Wiessee alles verspielt. Eine regelrechte Pechsträhne, Junge! Keine Kugel ist so gefallen, wie ich mir ausgerechnet hatte. Einfach verrückt. Ich habe im Augenblick nur noch dreitausend Mark! Das ist alles.«

»Dein Pech! Laß die Finger vom Roulette!«

»Sag einem Eichhörnchen, es soll Nudeln essen! Beim nächsten Mal sprenge ich die Bank wieder. Der Bengel wäre ein gutes Anfangskapital wert gewesen. Als er auf der Autobahn stand und winkte, da schoß es mir wie ein Blitz durch den Kopf: Das ist die Rettung. Ich kam gerade von Neuenahr, völlig blank. Und jetzt ist er weg.«

»Und wenn er tot ist?«

»Das wäre übel! Er war ein netter Bengel, ich mochte ihn. Ein aufgewecktes Kerlchen. Aber noch ist Hoffnung. Ich glaube immer noch, daß er sich versteckt hat. Morgen wird er aus den Felsen herauskommen.«

»Von mir aus«, sagte der Mann in Deutschland grob. »Ich halte jedenfalls meinen Kopf nicht hin, um deine Spielschulden zu bezahlen. Und damit Schluß!«

Der Mann mit dem Sportwagen legte auf. »Spießer!« murmelte er.

Peter war den Steilhang hinuntergerutscht und an den Wasserfall gekommen, den er schon von weitem gehört hatte. Von einer Felsnase aus, die wie eine Sprungschanze hervorragte, fiel der Bach senkrecht in eine Felsenwanne hinunter, wo das Wasser wie Staub aufprallte, noch einmal in den Himmel stieg und dann in Kaskaden über eine Steintreppe ins Tal hinunterfloß.

Es war ein herrlicher Anblick. Peter setzte sich müde auf einen Stein, ließ sich von dem Wasser besprühen und sah dem Felsensturz des Baches lange zu. Es dunkelte schon, als er wieder aufstand und neben dem Bach ins Tal rutschte. Mit der Abenddämmerung kam wieder die Furcht. Allein in der Nacht im Wald – das stellte er sich gar nicht romantisch vor. Auch der Mut eines Jungen hat Grenzen, und bei ihm war diese Grenze genau da, wo der

Wald nachts schwarz wurde und fremde Geräusche um ihn erwachten.

Er stieß einen Jubelruf aus, als er in der Nähe des Baches eine niedrige Hütte sah, aus der sogar Rauch stieg. Ein Mann saß vor der Tür und wetzte seine Axt. Er trug ein grünes Hemd, eine speckige Lederbundhose, dicke Wollstrümpfe und mächtige Bergschuhe. Auf dem runden Kopf hatte er einen Hut mit einem riesigen Gamsbart.

Ein Mensch, dachte Peter, ein richtiger Mensch. Er wird mir helfen. »Hallo!« rief er und winkte. »Hallo!«

Der Mann sah erstaunt auf. Er wartete, bis sich Peter den Hang heruntergehangelt hatte, und musterte ihn dann mit großer Neugier. »Woher kimmst?« fragte er freundlich.

»Von dort.« Peter zeigte den Abhang hinauf. »Von dort hinten. Ich weiß nicht, wie das hier heißt.«

»Aha«, brummte der Mann.

»Bist du ein Holzfäller?«

»Ja.«

»Kann ich bei dir schlafen?«

»Geh rein.« Der Holzfäller nickte zur Tür hin.

Peter ging hinein. Es roch nach frischem Holz und kaltem Rauch. Müde legte er sich auf eine Holzpritsche und war schon eingeschlafen, als der Mann später eintrat.

»Ein Bub, der vom Himmel fällt«, meinte er nachdenklich und betrachtete den schlafenden Peter, »na, so was.« Er deckte ihn zu und steckte die Petroleumlampe an.

Draußen rauschte der Bach, die Käuzchen schrien, Eulen flatterten durch den Wald. Allein im Wald wäre Peter vor Angst umgekommen. Jetzt schlief er fest und ruhig.

Ludwig Etzel erlitt in der Nacht noch einmal eine schwere Herzattacke. Lucia, die in höchster Aufregung den Arzt benachrichtigt und ihn kurz darauf ins Haus gelassen hatte, saß jetzt erschöpft am Bett ihres Mannes und betrachtete seine entspannten Züge. Die widerstreitendsten Gefühle gingen ihr in diesen Minuten durch den Kopf: Dankbarkeit, weil er die akute Bedrohung überlebt hatte, Haß, weil sie sich nun schon jahrelang von ihm im Stich gelassen fühlte, Angst, weil es noch immer kein Lebenszeichen von Peter gab. Schließlich die großen Fragen: Was ist mit mir los, daß ich einem Beljonow nachlaufe und damit unser Familienleben aufs Spiel setze, anstatt es – trotz Ludwigs Abwesenheit – so gut wie möglich zu erhalten? Ist das Unheil, das sich über uns zusammengebraut hat, vielleicht eine Folge meiner Schwäche, meines Egoismusses? Oder ist Ludwig an allem schuld, weil er, nachdem er die Familie gegründet hatte, so tat, als ginge sie ihn nichts mehr an? Gewiß, er hat viel Geld für uns verdient und uns damit ein angenehmes Leben ermöglicht; aber Geld, lieber Ludwig, kann nicht alles ersetzen – das, wenigstens das, solltest du als Lehre aus diesem Fiasko ziehen! Und was mich betrifft: War Beljonow nur ein oberflächliches Abenteuer, oder hänge ich mehr an ihm, als ich wahrhaben will?

Lucia war so in ihre Gedanken vertieft, daß sie das Klingeln des Telefons zunächst gar nicht wahrnahm. Erst nach einer Weile nahm sie den Hörer ab.

Sofort meldete sich Beljonow. »Wir sollten uns wieder vertragen«, schlug er vor, »schließlich hatten wir viel Spaß miteinander.«

»Spaß, das ist das richtige Wort«, erwiderte sie bissig, »mehr aber auch nicht.«

Einen Augenblick verschlug es ihm die Sprache. Dann fing er sich wieder, und mit der ihm eigenen Unbekümmertheit legte er los: »Also nun mal langsam, Liebling – so schmeißt man einem alten Freund doch nicht alles vor die Füße! Ich liebe dich, ich trage dich auf Händen.« Theatralisch sang er die letzten beiden Sätze wie eine Liebesarie.

Lucia mußte lachen. »Na gut«, lenkte sie ein, »du hast mir über manche einsame Stunde hinweggeholfen.«

»Das klingt schon besser«, brummte Beljonow, »und das könnten wir nun doch fortsetzen.«

Er hat eine so leichte Art, dachte Lucia, so herzerfrischend leicht und unbekümmert. Wahrscheinlich ist es das, was mich an ihm so fasziniert. Probleme nimmt er erst gar nicht zur Kenntnis, und sollte sich gelegentlich ein Problem zu nah an ihn heranwagen, dann wirft er es in hohem Bogen über Bord. Nicht zu vergleichen mit dem ernsten, beruflich so überaus engagierten Ludwig, der daneben nichts mehr wahrnimmt, am wenigsten seine Frau. Und genau deshalb hatte sie immer wieder mit dem Gedanken gespielt, sich scheiden zu lassen und mit Beljonow zusammenzuziehen. Warum aber auf einmal der Sinneswandel? Nur, weil Ludwig zusammengebrochen war? Würde nicht alles, nach seiner Genesung, im alten Trott weiterlaufen? Mein Gott, sie fühlte sich im Augenblick so durcheinander, so absolut unfähig, sich eine vernünftige Lebensplanung auszudenken. »Ludwig wird sich scheiden lassen«, erklärte sie tonlos, und trotzig fuhr sie fort: »Ich will es ebenfalls, Henk, ich habe das Alleinsein satt!«

»Und was dann?« hörte sie am anderen Ende der Leitung. »Springt man aus einem Sektbad, um sich in Limonade zu wälzen? Geht man von den Honigtöpfen weg, um Rübenkraut zu essen?«

»Ich verstehe nicht, Henk.«

»Ganz einfach: Es muß etwas anderes gefunden werden. Das Beste ist, eine Witwe mit allen Rechten zu werden.«

»Ich verstehe immer noch nicht, Henk. Was willst du damit sagen?«

»Du verstehst mich sehr gut, mein Täubchen. Herztod kann viele Ursachen haben.«

»Da mache ich nicht mit«, flüsterte Lucia entsetzt, »nie! Nie!«

»Das verlangt auch keiner von dir. Du sollst nur zur Seite sehen.«

»Das lasse ich nie zu!« Lucia begann zu zittern. »Mein Gott, wie weit haben wir uns schon verirrt!« Da Henk beharrlich schwieg, nahm sie das Gespräch wieder auf. »Es wird eine bessere Lösung geben; ich könnte wieder arbeiten. Meine Stimme ist mit den Jahren sogar gewachsen. Ich bekomme bestimmt ein Engagement. Also, du siehst, es gibt weiß Gott bessere Lösungen!«

»Natürlich! Auf Kosten des Vermögens.«

»Liebst du mein Geld oder mich?«

Beljonow merkte, daß das Gespräch begann, kritisch zu werden. »Natürlich dich«, sagte er mit erzwungener Heiterkeit. Aber die Wahrheit war anders. Sie ist ein goldenes Vögelchen, dachte er. Jedes Federchen, das ich ihr ausrupfen kann, ist wertvoll.

Ludwig Etzel merkte nicht, daß der Arzt am frühen Morgen noch einmal an seinem Bett saß, seinen Puls fühlte und das Herz abhörte. Er schlief so tief, daß er nicht spürte, wie man seinen Körper abtastete.

»Dieser tiefe Schlaf gefällt mir gar nicht«, wandte sich

der Arzt später an Lucia. »Rufen Sie mich sofort, gnädige Frau, wenn sich sein Zustand verändert. Der Atem, der Herzschlag, wenn er unruhig werden sollte ...«

Aber es geschah nichts. Im Gegenteil, am späten Vormittag erwachte Ludwig, und wenn er sich auch noch geschwächt fühlte, so nahm er doch ein leichtes Frühstück zu sich und ließ anschließend Dr. Schachtner kommen, um mit ihm einige wichtige Dinge zu besprechen.

»Ihr Mann hat sich entschlossen, die Zwillinge aus dem Ferienlager nach Hause zu holen«, sagte Dr. Schachtner anschließend zu Lucia, »er will sie um sich haben. Und sie sollen auch nicht von Fremden über Peters Verschwinden unterrichtet werden. Ich werde die Mädchen morgen aus Österreich zurückbringen lassen.«

8

Als Dr. Hembach kurz vor dem Frühstück von der Pensionswirtin ans Telefon gerufen wurde, weil sein Direktor ihn zu sprechen wünschte, ahnte er nichts Gutes. Und er sollte recht behalten.

»Der Bruder der Etzel-Zwillinge ist spurlos verschwunden, Herr Kollege«, berichtete der Direktor. »Überall in Deutschland wird nach ihm gesucht! Er ist aus dem Ferieninternat weggelaufen, seitdem verschollen. Ein Verbrechen ist nicht auszuschließen.«

Dr. Hembach erschrak. »Das ist ja entsetzlich«, sagte er leise, »und wie sollen wir das den Mädchen –«

»Das ist der Punkt, den ich mit Ihnen besprechen muß«, unterbrach ihn der Direktor. »Die beiden dürfen auf gar keinen Fall von anderer Seite davon erfahren – wollen Sie das bitte übernehmen, Herr Hembach?«

»Um Gottes willen – ich?«

»Sie haben zu Ihrem Kurs einen guten Kontakt. Sie können es den beiden schonend beibringen. Ja, und noch eins – die Mädchen sollen auf Wunsch des Vaters die Freizeit abbrechen und nach Hause kommen. Ich habe mir gedacht, daß Sie die Zwillinge nach Deutschland zurückbegleiten und dann wieder nach St. Wolfgang kommen. Ihren Kurs wird so lange der Kollege Wülfring übernehmen. Ich habe mit ihm schon gesprochen. Sie können in drei Tagen wieder dort sein. Wir wollen uns keiner Fahrlässigkeit schuldig machen, das verstehen Sie doch?«

»Selbstverständlich.« Dr. Hembach sah Karin und Monika vor sich, wie er sie gestern noch auf der Brudlerhütte gesehen hatte: fröhlich, ja ausgelassen und sorglos. Und das war nun alles vorbei, und er mußte es ihnen sagen. »Wann sollen wir fahren?« fragte er mit belegter Stimme.

»Am besten morgen schon mit dem Zug um sieben Uhr dreiundzwanzig nach Salzburg. Wie wollen Sie es den Mädchen sagen?«

»Ich weiß es noch nicht«, antwortete Dr. Hembach ehrlich. »Ich muß mir das genau überlegen, sie hängen sehr an ihrem kleinen Bruder.«

Er entschloß sich, nicht alles durch umschreibende Worte noch zu verschlimmern. Karin und Monika waren vernünftige Mädchen; man konnte mit ihnen reden wie mit Erwachsenen. Er ging in den Frühstücksraum zurück und bat die Zwillinge, ihm ins Foyer zu folgen. »Bitte, nehmen Sie Platz«, sagte er. Er spürte, wie sich seine Kehle verengte. Dann wandte er sich ab und stellte sich ans Fenster. Wie sag' ich es ihnen, dachte er immer wieder, wie fange ich es an? Er fuhr herum, als Karin sich hinter ihm räusperte.

»Ich weiß, warum Sie uns rufen lassen, Herr Doktor«, sagte sie, »es ist wegen des Fotos. Ich verspreche Ihnen, es niemand zu zeigen.«

O Gott, dachte Hembach, das macht alles nur noch schwerer. Wie soll ich ihnen jetzt erklären, was geschehen ist? »Über das Foto unterhalten wir uns ein anderes Mal«, sagte er nach einer Pause. Er sah zu Monika hinüber, die mit im Schoß gefalteten Händen vor ihm saß, ganz anders als Karin, die nervös an ihrem weißen Pullover zupfte. Jetzt konnte man den Unterschied zwischen den Zwillingen deutlich erkennen, obgleich sie wie immer äußerlich nicht auseinanderzuhalten waren. Aber ihre Reaktionen auf diese Aussprache waren grundverschieden: Monika wartete ab, Karin unterdrückte nur mühsam ihre Erregung.

»Wir müssen die Freizeit abbrechen«, hörte Dr. Hembach sich sagen.

»Oh, warum?« fragte Karin überrascht.

»Nicht alle, nur Sie beide gehen nach Köln zurück, und ich begleite Sie auf der Bahnfahrt.« Er sah die erschrockenen Augen der Zwillinge und blickte zur Seite. »Ihr Bruder ist spurlos verschwunden.« Seine Stimme klang heiser. »Ihr Vater ist ebenfalls auf dem schnellsten Weg nach Hause gefahren.«

In den Augen der Schwestern lag Unglaube. Es war, als begriffen sie nicht gleich, was sie gehört hatten.

»Peter ist weg?« fragte Monika als erste leise.

»Ihre Mutter hat ihn in ein Ferieninternat im Schwarzwald gebracht. Von dort ist er ausgerissen und bis heute nicht wieder aufgetaucht, trotz aller Suchaktionen über Fernsehen und Funk.«

Karin sprang auf. »Warum hat Mutter ihn denn –«

»Das wissen wir nicht. Ihr Vater hat nur sagen lassen, daß Sie nach Köln zurückkommen möchten. Der Direktor hat dem zugestimmt, und wir fahren morgen früh.«

»Warum nicht gleich?« rief Karin. »Es geht ein Nachtzug nach Salzburg und weiter nach München. Wenn wir den nehmen, können wir schon morgen mittag in Köln sein! Peter verschwunden... Arme Mutter! Bitte, Herr Doktor, lassen Sie uns heute nacht noch fahren!«

»Das geht nicht. Es ist nicht gepackt, wir haben keine Fahrkarten.«

»Wir sind in zehn Minuten reisefertig.«

Monika sprang auch auf. In ihren Augen standen Tränen. »Peter wird doch – noch leben?«

Dr. Hembach sah nervös auf die Uhr. Bis zum Abgang des letzten Zuges war noch eine Stunde Zeit. Man verlor nichts, wenn man nachts fuhr; man gewann sogar den halben nächsten Tag. Schlafen würden die Mädchen sowieso nicht nach dieser Mitteilung. »Gut«, sagte er, »pakken Sie, vielleicht können wir jetzt schon fahren.«

Nach knapp fünfzehn Minuten standen die Mädchen mit ihren gepackten Koffern wieder im Foyer. Sie trugen ihre Windjacken, die Haare hatten sie mit roten Tüchern zusammengebunden. Dr. Hembach hatte nur eine dicke Aktentasche mit dem Nötigsten dabei. In Köln, in seiner Wohnung, lag ja alles in den Schränken. Frau Basilowski, seine Nachbarin und Zugehfrau, umsorgte ihn wie eine Mutter.

Vor der Tür der Pension Sonneck wartete schon ein Taxi. Hinter den Gardinen schauten die anderen Schülerinnen heraus. Der ganze Kurs war wach und beobachtete den Abzug der zwei Kameradinnen. Gerüchte schwirrten durch die Zimmer. Niemand wußte, was geschehen war.

Als Dr. Hembach als letzter in das Taxi stieg – sein karierter Blazer paßte gut zur hellen Hose –, stellten die Schülerinnen einstimmig fest: Unser Lehrer ist ein toller Mann!

In dem Intercity Salzburg–München hatte Dr. Hembach noch zwei Schlafwagenabteile des Kurswagens nach Köln bekommen. Das war ein Glücksfall. Er mietete sie sofort, obgleich sie viel Geld kosteten, aber er wußte, daß Ludwig Etzel jede Summe zahlte, um seine Töchter gut versorgt zu wissen.

Nun ratterten sie durch die Nacht. Dr. Hembach saß am Fenster und starrte in die schemenhaft vorbeifliegende Landschaft. Er rauchte nervös eine Zigarette nach der anderen. Im Nebenabteil hörte er Rumoren, leises Sprechen – dann trat Ruhe ein. Ein paarmal knarrte es laut, ein Hüsteln – die Mädchen schliefen.

Aber das erwies sich als Irrtum. Nur Monika schlief. Karin, die das untere Bett genommen hatte, saß zusammengekauert auf der Matratze und starrte vor sich hin. Eine merkwürdige Unruhe ließ sie nicht schlafen. Ein paarmal hob sie den Kopf und lauschte. Nebenan rührte sich nichts. Kein Laut. Leise stand sie auf, schlich zur abgeschlossenen Verbindungstür und legte das Ohr an das Mahagoniholz. Schlief Dr. Hembach auch schon? Wie die Räder rumpelten! Wenn sie leiser wären, könnte man vielleicht seinen Atem hören.

Sie ging zurück zum Bett, setzte sich wieder, aber die Unruhe wurde immer stärker. Sie dachte an Peter, aber seltsamerweise machte sie sich keine Sorgen um ihn. Er strolcht herum, dachte sie. Das wollte er schon immer. Wenn sich mein Vater das sagte, würde auch er sich weniger Sorgen machen. Nur eine Standpauke würde es geben, wenn Peter wieder auftauchte. Und die hatte er verdient.

Sie sprang plötzlich auf, zog ihren seidenen Morgenrock an, schloß leise die Tür des Abteils auf und trat auf den Gang hinaus. Sie sah nach allen Seiten – der Gang war leer, der Schlafwagenschaffner rumorte in der kleinen Küche am anderen Ende des Wagens.

Unschlüssig stand Karin am Fenster, als sich neben ihr die Tür des anderen Abteils öffnete und Dr. Hembach heraustrat. Sie prallten aufeinander, und Karin klammerte sich instinktiv an ihm fest.

»Oh, Herr Doktor«, flüsterte sie, »ich dachte, Sie schlafen.«

»Was machen Sie hier nachts auf dem Gang?«

»Ich wollte... ich konnte nicht schlafen.« Sie lehnte sich in die offene Tür zu Dr. Hembachs Abteil und blickte kurz hinein. »Ich friere«, sagte sie leise.

»Dann gehen Sie in Ihr Abteil zurück«, antwortete Dr. Hembach schroff.

»Ich kann nicht schlafen. Ich muß immer an meinen Bruder denken.« Sie sah ihren jungen Lehrer aus dunklen, seeblauen Augen an.

»Und Ihre Schwester?« fragte Dr. Hembach ausweichend.

»Monika schläft. Sie hat zuerst geweint, aber jetzt schläft sie. Wenn ich bloß weinen könnte, vielleicht wäre dann alles leichter. Weinen befreit, sagt man.«

Unter ihren Füßen knirschten und rollten die Räder. Dann schwankten sie plötzlich, der Zug glitt in eine Kurve, sie prallten wieder aufeinander, und Karin hielt sich an ihrem Lehrer fest.

»Sie sind so nett zu mir«, sagte sie leise.

Dr. Hembach wich zurück. Nur das nicht! durchjagte es ihn. Nur nicht den Kopf total verlieren! Es wäre das Ende meiner Laufbahn! Er schob sie fast grob von sich. »Gehen Sie ins Bett! Sofort!« schnauzte er. »Auch wenn Sie nicht schlafen können. Legen Sie sich hin und versuchen Sie es wenigstens.« Ohne eine Antwort abzuwarten schlug er die Tür zu und verriegelte sie.

Karin lehnte die heiße Stirn an das kühle Holz. »Ich mag dich«, flüsterte sie und schloß die Augen, »ich mag dich wahnsinnig gern.« Dann ging sie in ihr Abteil zurück, legte sich ins Bett und starrte vor sich hin. Ich gehe von der

Schule ab, dachte sie, ich will keine Schülerin mehr sein. Was kümmern mich Latein und Mathematik? Warum soll ich Parallelverschiebungen berechnen und chemische Formeln auswendig lernen, wenn meine Zukunft bei ihm liegt? Um glücklich zu leben, braucht man keinen Tacitus und keine Logarithmen.

So kamen sie in München an, wurden umgekuppelt und fuhren kurz darauf weiter nach Köln.

Thomas konnte am nächsten Morgen nicht begreifen, daß sowohl Monika als auch Karin am See fehlten. Der ganze übrige Kurs hatte sich auf der Wiese eingefunden, spielte Federball oder warf sich Gummiringe zu.

Thomas holte sich Auskunft, als er im See schwamm. Er kraulte an Astrid, die Freundin Karins, heran und schwamm neben ihr her. »Ist Monika krank?« fragte er.

»Nee, die sind abgefahren.«

»Was sind sie?«

»Hembach ist mit ihnen zurück nach Köln. Ganz allein. Keiner weiß, warum. Wir vermuten alle, da stecken irgendwelche Machenschaften mit einem Kerl dahinter. Natürlich bei Karin. Das kam alles so plötzlich – gestern nacht noch.«

Thomas atmete tief durch. »Und Monika?«

»Mußte natürlich mit. Monika ist ein Schaf. Immer deckt sie Karin. Und immer wird sie mitbestraft. Die ist die geborene Märtyrerin.«

Thomas wußte genug. Er schwamm an Land und legte sich zum Trocknen auf den Rücken. Zurück nach Köln, dachte er, in Begleitung. Was das wohl zu bedeuten hatte? Das Ferienlager dauerte noch zwei Wochen, und so lange wollte er nicht mehr ohne Monika sein. Er dachte viele

Möglichkeiten durch, von gespielter Krankheit bis zum Heimweh, das in Trübsinn ausartet. Aber das machte ihn bloß bei seinen Kameraden lächerlich.

Noch beschäftigten ihn diese Probleme, als er hinter sich ein blechernes Rollen hörte. Er wälzte sich auf den Bauch und erstarrte. Von oben raste eine Art Teertonne auf ihn zu, ein pechbeschmiertes, mit Ringen umzogenes stählernes Ding. Es hüpfte immer schneller über das Gras. Thomas spannte alle Muskeln an. Um aufzuspringen, war es schon zu spät, die stählerne Tonne war bereits zu nah. Mit einem wilden Schwung wälzte er sich zur Seite und rollte in den See. Nur wenige Zentimeter neben ihm klatschte auch das Teerfaß ins Wasser und bohrte sich in den sandigen Seeboden. Wenn mich das überrollt hätte, dachte Thomas entsetzt, es hätte mich glatt zermalmt. Er wandte sich zum Ufer und starrte den Hang hinauf. Oben, an der Buschgruppe, stand nach vorn geduckt eine massige Gestalt. Als sie sah, daß sich Thomas unverletzt aus dem Wasser erhob, verschwand sie in den Büschen. Aber sie war nicht schnell genug, Thomas hatte Pepi Lachmaier erkannt. Er wollte mich umbringen, dachte er, als er wieder am Ufer stand und die große schwere Tonne anstarrte. Nur um ein paar Zentimeter hat mich der Tod verfehlt. Dieser Idiot wollte mich töten wegen Monika.

Das war etwas, was ihn nicht wieder losließ. Und plötzlich wußte er, daß es für ihn kein weiteres Leben ohne Monika mehr geben konnte.

Peter erwachte am nächsten Tag in der Holzfällerhütte und fühlte sich erfrischt und gar nicht mehr einsam. Von fern hörte er das Rattern und Kreischen einer Motorsäge, auf dem Tisch stand ein Glas Milch, in einer Holzschale lagen Brot, Butter, ein Stück Leberwurst und ein Messer; in der Hütte duftete es nach frischem Tannengrün und nach Heu. Er sprang auf, wusch sich das Gesicht in einer Schüssel, die neben dem Herd stand, setzte sich an den Tisch und frühstückte mit großem Hunger. Dann trat er vor die Hütte und sah sich um. Von den Felsen stürzte der herrliche Wasserfall herab und floß als breiter, wilder Bach ins Tal hinunter. Langsam ging Peter dem Geräusch der Motorsäge nach und fand den Holzfäller im Wald, wie er die hohen Tannen umsägte. Eine Weile sah er zu und wunderte sich, wie schnell ein Baum zu fällen war.

Der Mann stellte die Motorsäge ab, legte sie auf den Boden und kam zu Peter. »Ausg'schlafen?« fragte er und putzte sich die Nase mit einem riesigen Schnupftuch. »Hast gessen?«

»Ja.« Peter nickte. So wild der Mann aussah, er hatte vor ihm keinerlei Angst. Im Gegenteil, er fühlte sich geborgen bei diesem Urmenschen, der Ruhe und Kraft ausstrahlte. »Dankeschön.«

»Bist a Stadtbua, was?«

»Ja, aus Köln.«

»Hast di verlaufn?«

»Ja. Wenn ich ins Tal hinunterkomme, rufe ich zu Hause an, dann holen sie mich.«

»Dös werd wohl sein. Aba wir kemmen net ins Tal. Noch eine Wochn muß i bleibn, und allein kannst net hinunter.«

Peter sah sich um. Abenteuerlust erfaßte ihn plötzlich. Das ist wie in den Rocky Mountains, dachte er, wie in den Trapperbüchern. Und eine Woche ist nicht lang. So etwas erlebt man nie wieder. »In Ordnung«, sagte er fröhlich, »in einer Woche also! Ich bleibe.«

»Werd dir nix übrig bleiben.« Der Holzfäller setzte sich auf einen Baumstumpf und holte eine Flasche aus dem Gras. »Magst an Enzian?«

»Was ist das?«

»A Schnaps.«

»Nein, danke.« Peter sah auf die gefällten Bäume. »Wie kommen die Stämme ins Tal?«

»Im Herbst. Auf einer Rutschbahn, den Bach hinunter. Wenn's nachher regnet, is der Bach wie ein Fluß. Da reißt's alle Stämme hinunter bis zur Mühl!«

»Das muß toll sein, was?«

»Hm.« Der Holzfäller setzte die Enzianflasche an den Mund und nahm einen tiefen Schluck. »Geh zurück in die Hüttn«, sagte er dann, »schäl Kartoffeln, Bub! Die Wochn kriegen wir schon um.«

Wenig später ratterte wieder die Motorsäge durch den stillen Bergwald. Peter saß vor der Hütte, einen Eimer neben sich, einen Korb auf dem Schoß, und schälte Kartoffeln für die Mittagssuppe. Für ihn bedeutete es das große Abenteuer, und er war glücklich. Daß man in ganz Deutschland nach ihm suchte, daran dachte er nicht.

In Köln wurden die Zwillinge von Dr. Schachtner am Zug abgeholt. Dr. Hembach hatte zuvor die Ankunft telefonisch durchgegeben. Da Ludwig Etzel noch immer strengster Schonung bedurfte und auch Lucia, von den familiären Aufregungen gebeutelt, sich mittlerweile sehr elend fühlte, hatte Ludwig seinen Anwalt um diesen Freundschaftsdienst gebeten.

»Euer Vater ist krank«, erklärte Dr. Schachtner ohne Umschweife, nachdem er Dr. Hembach begrüßt hatte und mit den Mädchen zu seinem Wagen gegangen war. »Er hat euch zurückkommen lassen, weil Peter noch immer nicht gefunden ist und er unter diesen Umständen die übrige Familie um sich haben möchte.«

Monika schaute ihn mit großen, entsetzten Augen an. »Was glauben Sie, Herr Doktor? Sagen Sie's ganz ehrlich: Könnte Peter entführt worden sein, könnte es sogar sein, daß er ... nicht mehr lebt?« Bei diesem Gedanken wich ihr das Blut aus den Wangen, sie wurde blaß bis in die Lippen und spürte plötzlich einen solchen Schwindel, daß sie schnell einsteigen mußte, um sich in die Polster fallen lassen zu können.

Karin schüttelte energisch den Kopf. »Also jetzt mach aber mal halblang, Schwesterherz, du kippst ja fast um!«

Dr. Schachtner schaute Karin verblüfft an. »Ja, machen denn Sie sich keine Sorgen, Karin?« fragte er. »Geht Ihnen diese Geschichte gar nicht unter die Haut?«

»Natürlich tut sie das – ich bin ja nicht aus Granit. Ich hänge an meinem Bruder genauso wie alle anderen. Aber man muß doch die Kirche im Dorf lassen.«

»Also, liebe Karin, das ist ja alles ganz schön und gut, aber der Junge ist nun schon seit geraumer Zeit spurlos verschwunden, ohne das geringste Lebenszeichen gegeben zu haben – seine Lage ist mit Sicherheit nicht ungefährlich.«

»Ich glaube noch immer an ein gutes Ende«, erklärte Karin. »Mein Bruder träumt vom großen Abenteuer, seit ich denken kann – der ist aus dem Internat ausgebüchst, um was Aufregendes zu erleben –«

»Was die Gefahr nicht mindert«, unterbrach sie der Anwalt. »Auf jeden Fall gehört ein Kind in dem Alter nach Hause und nicht als Anhalter auf die Autobahn oder wo sonst er sich herumtreibt.« Während er in zügigem Tempo zur Villa Etzel fuhr, sagte er nichts mehr. Er wollte vor allem Monika nicht weiter beunruhigen. Aber die Geschichte machte ihm Sorgen, mehr, als er zugab. Mit Ludwig fühlte er sich schon seit langem freundschaftlich verbunden, ebenso wie mit Lucia, seiner attraktiven Frau. Ein Jammer, daß diese beiden schönen Menschen, von denen die Freunde früher sagten, sie führten eine Musterehe, sich so weit voneinander entfernt hatten, daß jeder seine eigenen Wege ging. Wie oft begegnete er Lucia auf dieser oder jener Party – meistens ohne ihren Mann. Ihre Affäre mit Beljonow wunderte ihn daher gar nicht; im Gegenteil, er hatte auf so etwas gewartet und konnte es ihr nicht verdenken. Freilich, mit diesem dicken Sänger hatte sie kräftig danebengegriffen. Aber er besaß eben etwas unendlich Kostbares: Zeit. Und damit glich er bei Lucia ein Defizit aus.

Während Etzels auf die Ankunft ihrer Töchter warteten, erdrückt von der Sorge um Peter, entwickelte sich die anfänglich eher unverbindliche Unterhaltung zu einer sehr ernsthaften Aussprache. Ludwig ließ keinen Zweifel daran, daß er Lucia für das Verschwinden des Jungen verantwortlich machte.

»Merkst du gar nicht, wie sehr du mich peinigst?« fragte Lucia gequält. »Glaubst du nicht, daß ich in diesen entsetzlichen Tagen der Ungewißheit schon genug bestraft werde?« Verzweifelt begann sie zu weinen.

»Tränen nützen jetzt auch nichts«, bemerkte Ludwig mit heiserer Stimme, »damit lassen sich die Probleme nicht aus der Welt schaffen, Probleme, die sich unter *deiner* Regie entwickelt haben.«

Die Härte seiner Worte erweckte in Lucia sofort so

etwas wie Trotz. Gut, wenn er es so will, dachte sie und wischte sich mit dem Handrücken energisch die Tränen ab, lassen wir es auf einen Schlagabtausch ankommen. Auch ich habe Argumente! »Ich darf dich vielleicht daran erinnern«, erwiderte sie, »daß auch ein Vater seinen Kindern gegenüber Verpflichtungen hat.«

»Geld verdienen, jawohl, damit sie –«

»O nein, mein Lieber, durch diese Masche lasse ich dich diesmal nicht entkommen! Das ist dein Argument seit Jahren, ohne daß du uns auch nur ein einziges Mal gefragt hättest, ob uns nicht vielleicht die Anwesenheit des Vaters und Mannes wichtiger gewesen wäre als das viele Geld. Ob nicht die Kinder sich gerne auch mal mit dem Vater ausgesprochen hätten über ihre täglichen Freuden und Ängste. Ganz zu schweigen von mir, die ich längst zu einer Art Partywitwe geworden bin, grundsätzlich allein, so als wäre ich schon geschieden.« Lucia hatte sich so in Rage geredet, daß ihr glühendheiß wurde. Temperamentvoll riß sie das Fenster auf.

»Willst du sie?« hörte sie im Hintergrund ihren Mann fragen.

»Was?«

»Die Scheidung.«

»Da ich als geschiedene Frau genauso allein sein werde wie als verheiratete –«

»Entschuldige, du hast einen Liebhaber!«

»Mit dem ich ja wohl kaum in der Gesellschaft auftauchen kann.«

»Erstens hast du es längst getan, und zweitens gibt es da nicht mehr die geringste Sperre, sobald du geschieden bist.« Ludwig horchte wehmütig seinen eigenen Worten nach. Im Grunde liebte er Lucia, seine schöne, aufregende

Frau; der Gedanke, sich von ihr trennen zu müssen, quälte ihn unsagbar. Aber wo gab es für sie beide noch eine Basis? Ganz abgesehen davon, daß er gar nicht wußte, welche Rolle mittlerweile Beljonow in Lucias Leben spielte, dieser fette Kerl. Es war ja nicht ausgeschlossen, daß sie sich inzwischen ernsthaft in ihn verliebt hatte, wenn er, Ludwig, auch nie im Leben verstehen würde, was sie an diesem Versager fand. »Also«, wiederholte er mühsam, »willst du die Scheidung?«

»Ja«, sagte sie, »ich will ein neues Leben beginnen.« Hastig verließ sie das Zimmer, denn Ludwig sollte ihre aufkommenden Tränen nicht sehen.

In der Villa Etzel herrschte Grabesstille. Lucia hörte ihre Töchter ankommen, aber sie fühlte sich nicht in der Lage, ihnen entgegenzugehen und sie zu begrüßen. Zuvor hatte sie ihre Haushälterin gebeten, Karin und Monika zu ihrem Vater zu führen.

Über Ludwigs blasses Gesicht ging ein Strahlen, als er die beiden zur Tür hereinkommen sah. Er zog sie zu sich herunter, umarmte und küßte sie und wollte sie gar nicht mehr loslassen. Seine Augen leuchteten. Wie erwachsen sie sind, dachte er. Zum ersten Mal sehe ich, daß ich große Töchter habe. Sie sind keine Kinder mehr. Sie sehen das Leben schon mit anderen Augen. »Hört mal«, sagte er später, als Karin und Monika die Vermutung geäußert hatten, daß Peter sicherlich auf Trampreise sei und irgendwo auftauchen werde, »ihr seid groß und vernünftig genug, um alles zu verstehen. Es ist nichts Schönes, was ich euch zu sagen habe: Mutti und ich, wir werden uns scheiden lassen.«

Die beiden Mädchen saßen an seinem Bett und schwiegen. Scheidung, dachten sie, unsere Familie bricht auseinander. Was wird aus uns? Kommen wir zu Mutti oder zu Papi? Der ist immer unterwegs im Ausland, monatelang. Wie soll das werden?

»Warum, Papi?« fragte Monika klar.

Ludwig sah an die Decke. Soll man es den Kindern sagen? Sie sind ja keine Kinder mehr... »Mutti liebt einen anderen Mann«, sagte er mit schwerer Zunge.

»Der bedeutet ihr bestimmt nicht viel.« Karin beugte sich vor. »Es gibt keinen besseren Mann als dich, Papi.«

»Danke, mein Liebling, aber es ist so. Wir haben uns auseinandergelebt. Wir haben uns nichts mehr zu sagen. Wir stehen uns gegenüber wie Fremde. Und da seid ihr, die Kinder, und selbst ihr seid keine Brücke mehr zwischen uns. Das ist schrecklich, ich weiß es, aber es ist nicht mehr zu ändern. Wir müssen uns trennen. Ihr bleibt bei mir, denn Mutti wird ja zu dem anderen Mann gehen.«

»Und wer ist das?« fragte Monika.

»Henk Beljonow.«

»Der dicke Tenor?« Karin lachte gequält. »Ist Mutti blind oder verrückt?«

»Vielleicht beides, man kann sie nicht fragen.« Ludwig lehnte sich in die Kissen zurück. Wie tapfer sie das alles aufnehmen, dachte er, es sind wirklich wunderbare Mädchen. »Wir müssen uns mit den Realitäten abfinden. Sie liebt diesen Beljonow.«

»Nur, weil er das hohe C singen kann?« Karin verzog den Mund. »Ich möchte nicht dauernd mit einem Lohengrin leben! Soll ich mit Mutti sprechen?«

»Nein, lieber nicht.« Ludwig ergriff die Hände seiner Tochter. »Ihr müßt nur ganz tapfer sein... Es wird viel auf uns zukommen. Und ihr müßt Vertrauen zu eurem Vater haben. Ich freue mich, daß ihr jetzt hier seid.«

Karin stand auf, trat ans Fenster und sah in den großen Garten hinaus. Monika erzählte von St. Wolfgang, aber sie verschwieg die dramatischen Erlebnisse.

Beljonow, dachte Karin, dieser dicke Schmalztenor. Er soll Muttis zweiter Mann werden? Das muß man doch verhindern können! Unsere Familie muß zusammenbleiben, so verrückt sie auch ist! Man kann nicht einfach sagen: »Ich mag nicht mehr!« Man kann sich verirren, aber einmal findet man doch wieder auf den richtigen Weg zurück.

Und während sie so in den Garten sah, kam ihr ein verwegener Gedanke. Ich werde Mutti beweisen, welch ein Schuft dieser Beljonow ist, dachte sie, ich werde ihr beweisen, daß er bereit wäre, sie mit mir, der Tochter, zu betrügen. Ich werde ihn lächerlich machen. Sie wußte, daß ihr dies nicht schwerfallen würde.

9

Erst zum Mittagessen sahen Karin und Monika ihre Mutter. Mit rotgeweinten Augen und zitternden Lippen umarmte sie die Zwillinge und drückte sie an sich.

Das Mittagessen verlief still, weil auch Dr. Schachtner am Tisch saß, den Lucia nicht mochte. Von ihm kam die größte Gefahr, das wußte sie. Im Grunde seines Herzens war der starke und erfolgreiche Ludwig ein weicher Mensch, der lieber verzieh als verurteilte. Aber Dr. Schachtner war ein kühler Kopf, der das Leben in Paragraphen einteilte und seine Umwelt aus der Sicht des Gesetzbuches betrachtete.

Nach dem Essen ging Karin mit Dr. Schachtner wieder zu ihrem Vater ins Schlafzimmer. Monika blieb allein zurück, und das war vorher so abgesprochen worden. Karin war bereit, zu Beljonow zu gehen und ihn durch ihr Wesen und ihren Körper in einen Konflikt zu ziehen; Monika hatte sich entschlossen, mit der Mutter zu sprechen.

Lucia saß auf der Couch, trank ihren Mokka und sah Monika fragend an. Obwohl sie auf alles gefaßt war, zuckte sie doch zusammen, als die Tochter plötzlich laut fragte: »Ihr laßt euch also scheiden?«

»Es könnte sein!« antwortete Lucia.

»Du hast mit dem dicken Beljonow ein Verhältnis?«

»Wie redest du denn mit mir?« Lucia stellte die Mokkatasse ab.

Monika sah ihre Mutter ein wenig traurig an. »Mutti«, sagte sie mit leiser Stimme, »wir sind keine kleinen Kinder mehr. Papi hat uns alles erzählt, und wir sind alt genug –«

»Um mich zur Rechenschaft zu ziehen?«

»Ja«, sagte Monika fest.

Lucia sah ihre sonst so sanfte und liebe Tochter erschrocken an. Was ist aus ihr geworden? dachte sie.

»Wenn ihr auseinandergeht, sind wir Kinder die Leidtragenden. Karin und ich sind schon fast erwachsen, wir kämen – wenn auch sehr schwer – darüber hinweg, daß unsere Eltern getrennt leben. Aber Peter?« Monika beugte sich vor. »Sag mal, Mutti, ist Peter vielleicht nur deswegen weggelaufen, weil er das... das mit Beljonow und dir gesehen hat?«

»Frag mich nicht aus wie ein Staatsanwalt!« Lucia schloß die Augen.

»Wir sind allein, Mutti«, sagte Monika, »bitte, laß uns vernünftig über alles sprechen.«

»Was nützt denn das Sprechen angesichts einer so verfahrenen Situation?«

»Wenn man so denkt, wird es nie besser, Mutti. Wir wollen doch einen Weg suchen.«

»Du?«

»Warum nicht ich? Wir sollten ganz nüchtern denken. Was gewinnst du, wenn du zu Beljonow gehst?«

»Das Leben ist kein Rechenexempel«, erwiderte Lucia traurig.

»In diesem Falle doch. Beljonow hat kein Geld. Er liebt dich nur, weil du Geld hast.«

»Das glaube ich nicht!«

»Und du hast Geld durch Papi! Das ist nicht zu leugnen.«

»Auch dein Vater begreift das nicht, und ihr denkt wie er. Das ist ein Käfig, mein Kind. Die Villa, der Park, der Reichtum, der Ruhm. Den Namen Etzel zu tragen ist wie eine Kette, an der man herumtanzen muß. Wann ist dein Vater denn mal zu Hause? Im ganzen Jahr drei Monate, höchstens. Aber eine Frau braucht mehr als Schmuck, Pelze, Autos, Kleider und ein Scheckheft. Eine Frau braucht Wärme und Verstehen –«

»Und Liebe!« warf Monika ein. »Reden wir nicht drum herum, Mutti. Ich bin siebzehn, und ich habe mich auch verliebt.«

Lucia strich ihrer Tochter über die Haare.

»Es geht um unsere ganze Familie, Mutti!« Monika ergriff die Hand ihrer Mutter und hielt sie umklammert. »Wir wollen doch zusammenbleiben. Du kannst uns doch nicht wegen dieses dicken Tenors verlassen!«

Lucia begann zu weinen. »Ach Kind, wenn das alles so einfach wäre! Ich gehe ja nicht wegen Beljonow.«

»Weshalb denn sonst?«

»Weil ich mich einsam fühle.«

»Du hast aber doch uns, und wir brauchen dich und –«

»Aber ich brauche auch einen Partner, Monika, so wie du Freundinnen und Freunde brauchst. Ist das denn so schwer zu verstehen?«

»Nein, eigentlich nicht.«

»Siehst du. So egoistisch, wie ihr alle denkt, bin ich nämlich gar nicht, auch nicht so anspruchsvoll. Ich würde auf Tennis, Golf und die vielen Parties gern verzichten, wenn ich dafür mal mit meinem Mann eine Wanderung oder gar eine Reise machen könnte, zusammen mit ihm essen oder ins Kino gehen dürfte. Ich bin doch noch nicht so alt, um allmählich als Partywitwe zu verkümmern.«

Spontan umarmte Monika ihre Mutter. »Ich verstehe dich so gut, Mutti. Aber denke bitte auch daran, daß Papi es in seinem anstrengenden Beruf nicht leicht hat.«

»Das weiß ich. Aber es hilft mir nicht viel in meinen einsamen Stunden, vor allem vormittags, wenn ihr alle weg seid und mir die Decke auf den Kopf fällt.«

»Du könntest karitativ tätig werden, im Krankenhaus oder in Altenheimen, du könntest dich der Kirche anschließen und Basare für hungernde Kinder in der dritten Welt organisieren.«

»So was kann ich doch gar nicht!«

»Wieso denn nicht? Die Frauen, die sich in dieser Weise engagieren, haben es alle nicht gelernt!«

Lucia schaute nachdenklich aus dem Fenster. »Und was mache ich mit Beljonow?«

»Dem gibst du den Laufpaß.«

»Irgendwie hänge ich an ihm.«

»An Papi hängst du mehr – wetten?«

Lucia lächelte. »Du bist ein kluges Mädchen geworden«, bemerkte sie weich und dachte: Sie hat recht.

Das große Abenteuer Peters dauerte nur einen Tag.

Er hatte Kartoffeln geschält und eine Suppe aus drei Büchsen Erbsen und einer Dose Rindfleisch gekocht, so wie er es bei den Pfadfindern gelernt hatte. Die Suppe schmeckte herrlich, und auch der Holzfäller war zufrieden und aß den großen Topf fast leer. Dann stopfte er sich seine Pfeife, rauchte stumm und sah abwechselnd von Peter zum Wasserfall und dann zurück.

Wo kommt so ein Junge her? dachte er. Rutscht da den Bergwald herunter aus einem Gebiet, wo es kein Haus gibt, keinen Weg und kein Leben. Kommt direkt von den

Felsen gefallen wie ein Adlerjunges. Das kann nicht richtig sein. Da steckt etwas dahinter. »Sag amol«, sagte er und kaute an seinem Pfeifenstiel, »wie bist die Berg' raufkommen?«

»Mit einem Auto.«

»Mit was?« staunte der Mann.

»Das war so: Ich stand auf der Autobahn und ...« Peter erzählte in allen Einzelheiten seine Erlebnisse mit dem Mann in dem schicken Sportwagen. Er berichtete von der Villa in den Felsen, von den beiden großen Hunden und von seiner Flucht.

Stumm hörte der Mann zu. »Dös is alles wahr?« fragte er, nachdem Peter geendet hatte.

»Alles!«

»Dann müssen wir zur Polizei!«

»Und der Mann mit dem Auto wird verhaftet?«

»Natürlich.«

»Mit Handschellen? Toll!« Peter klatschte in die Hände. »Da will ich dabei sein!«

Am nächsten Morgen stieg der Holzfäller mit dem Jungen ins Tal hinunter, nach Oberzellstein zum Gendarmen Fucherl, der alles Weitere in die Hand nehmen würde.

Etwas wehmütig sah Peter zu der kleinen Blockhütte zurück, zu dem Bergwald, den Felsen und dem tosenden Wasserfall. Dann folgte er dem freundlichen Mann, der über einen Pfad den steilen Wald hinabstieg. Mit einem großen Stock, den er in die Erde stemmte, bremste er sich ab. Peter rutschte hinterher, von Stamm zu Stamm. Ich hätte das nicht erzählen sollen, dachte er traurig. Nun ist das Trapperleben zu Ende. Aber vielleicht wird es noch spannender, wenn die Polizei den Mann mit dem Sportwagen jagt. Das tröstete ihn.

Gegen Mittag sahen sie von einer Kuppe des Waldes aus im Tal den Ort Oberzellstein liegen, eine Kirche mit Zwiebelturm, einen Marktplatz, Häuser mit roten Dächern oder mit Schindeln. Ein Bild des Friedens. Etwas außerhalb rauschte der Bergbach durch ein künstliches Bett und wurde in einem See aufgefangen, an dem ein Sägewerk lag. Hier schwammen im Herbst die Stämme, die oben im Wald am Wasserfall geschlagen wurden. Es mußte ein gewaltiges Donnern sein, wenn die Bäume zu Tal stürzten.

Der Holzfäller blieb stehen und sah Peter noch einmal kritisch an. »Ist alles wahr, was du sagst?« fragte er.

»Alles Wahrheit, ich schwöre es!« erwiderte Peter ernst.

»Auf geht's!« Der Holzfäller stieß einen Stock in die Erde. »In einer Stund haben wir's packt!«

Und wirklich, nach einer Stunde stand Peter in Oberzellstein vor dem Polizisten Fucherl und erzählte noch einmal seine Geschichte. Der Beamte griff sofort zum Telefon und rief die Kriminalpolizei in der Kreisstadt an.

Schon zwei Stunden später traf ein großer Wagen der Kriminalpolizei ein. Zwei freundliche Herren und eine Kriminalbeamtin begrüßten Peter und fragten ihn dann nach hunderterlei Dingen. Er mußte den Mann genau beschreiben, das Auto, die Villa in den Felsen, seine Flucht. Man versuchte auf einer Spezialkarte dieses Alpengebietes den Ort zu finden, wo sich das alles abgespielt hatte, und ging von dem Wasserfall aus, an dem Peter plötzlich wie vom Himmel gefallen erschienen war.

»Es kann sich nur um ein Gebiet von wenigen Kilometern im Umkreis handeln«, sagte der Kriminalrat und zog mit dem Bleistift einen Kreis. »Mittelpunkt ist Retzenhaus. Der Bürgermeister von Retzenhaus muß den Mann kennen, denn man baut ja nicht ungesehen eine Villa in die Felsen. Weder Bauarbeiter noch Material fallen vom Himmel.«

Man fuhr Peter nach Retzenhaus, und das war wirklich das Dorf, in dem der Mann mit dem Sportwagen gewartet und von wo aus er in Deutschland angerufen hatte. Er hatte an diesem Morgen Retzenhaus verlassen und war nach Norden davongebraust, denn er ahnte, daß Peter trotz aller Gefahren das Tal erreicht hatte und nun die Polizei nach ihm suchen würde.

Aber der Bürgermeister von Retzenhaus wußte nichts. »Das einzige Haus in den Bergen gehört dem Baron von Herrenfeld. Sie kennen ihn alle, meine Herren, den Direktor unseres Elektrizitätswerks. Sie werden doch nicht annehmen, daß der Herr Baron einen Jungen . . .«

Niemand nahm das an, aber die Polizei ist gründlich und immer mißtrauisch. Man fuhr Peter zu dem Haus des Barons, und Peter schüttelte den Kopf. »Nein, das ist es nicht! Es war mitten in den Felsen. Wie ein Nest klebte es an dem Berg. Und zwei große Hunde bewachten es.«

»So etwas gibt es hier nicht!« erklärte der Bürgermeister schockiert. »Ich kenne jedes Haus meiner Gemeinde. Kann sein, daß der Berg schon zu Italien gehört. Dann muß der Bürgermeister von Giorvienna das wissen. Hier gibt es keine feste Grenze, nur auf der Karte. Die Felsen sind dort italienisch, hier österreichisch.«

»Wir haben wenig Zeit.« Der Kriminalrat griff zum Telefon des Bürgermeisters. »Ich werde die Luftwaffe des Bundesheeres zu Hilfe rufen. Sie soll einen Hubschrauber schicken. Und dann werden wir einmal aus der Luft dieses geheimnisvolle Adlernest suchen. Lächerlich, wenn wir das nicht fänden!«

Eine Stunde später landete auf dem Marktplatz von Retzenhaus ein graugrüner Hubschrauber. Peter kletterte in die gläserne Kabine, gefolgt von den Kriminalbeamten. Ein Offizier saß neben dem Piloten und hielt eine Generalstabskarte auf den Knien.

Mit donnernden Motoren und kreisenden Flügeln hob der Hubschrauber vom Marktplatz ab und stieg in den Himmel. Peter starrte auf die kleiner werdenden Häuser hinunter, auf die Menschen, die zu Punkten zusammenschrumpften. Dafür kamen die Berge näher und schienen neben ihnen herzuschweben.

»Jetzt mußt du genau aufpassen, Peter«, sagte der Kriminalrat und zeigte auf die vielen Abhänge, Bäume und Schluchten. »Wenn du das Haus siehst, sag es sofort. Die Richtung stimmt.«

»Wo das Haus war, gab es keinen Wald mehr«, erklärte Peter, »nur kahle Felsen.«

»Dann müsen wir über dieses Massiv hinweg. Dahinter beginnt ein unwegsames Berggelände. Aber da ist nie ein Haus«, meinte der Offizier, »und die Grenze ist ganz nah. Da gibt es noch Bunker aus dem Ersten Weltkrieg. Nur mit Eseln kann man da hin.«

»Er ist mit dem Sportwagen hingefahren«, sagte Peter fest, »ich lüge nicht.«

»Weiter!« Der Kriminalbeamte nickte, als ihn der Offizier fragend ansah. »Wir fliegen alles ab, meterweise. Man soll nicht sagen, wir hätten nicht alles versucht!«

Mit lautem Knattern stieg der Hubschrauber höher und überquerte den Riegel aus Wald und Gestrüpp. Peter preßte sein Gesicht gegen das Glas der Kanzel und starrte hinab.

10

Am Abend fuhr Karin noch einmal in die Stadt, um, wie sie behauptete, eine Freundin zu besuchen und für den nächsten Tag einzuladen. Tatsächlich fuhr sie zu dem Hotel, in dem Beljonow wohnte.

Der Chefportier in der Rezeption schaute sie fragend an.

»Zu Herrn Beljonow«, sagte Karin hochmütig, »ich werde erwartet.« Sie ging zum Lift, stieg ein und warf einen Blick zur Empfangstheke zurück.

Vier Augenpaare verfolgten sie, und sie wußte genau, was diese Männer von ihr dachten. Einen Augenblick war es ihr peinlich, doch dann sagte sie sich: Ich tue es für unsere Familie. Sollen sie denken, was sie wollen, mich kennt doch keiner.

Vor Zimmer 224 blieb sie stehen und holte tief Luft. Mit beiden Händen strich sie noch einmal über die langen blonden Haare. Dann klopfte sie. Von innen hörte sie die immer singende Tenorstimme Beljonows. »Herein, herein!« Mit wilder Entschlossenheit drückte sie die Klinke hinunter.

Er saß in einem Sessel und las. Er trug eine dunkelrote Hausjacke und schien jemand anderen erwartet zu haben, denn seine freudige Miene und die weit ausgebreiteten Arme konnten kaum Karin gelten. Er ließ sie auch sofort sinken und warf das Buch auf den Tisch. »Du?« fragte er gedehnt. Er musterte sie und schien verwundert. Sieh an, das ist ja gar kein Kind mehr! Wo habe ich nur meine Augen gehabt? Dieses Mädchen ist hinreißend! Sie hat mehr Klasse als manche Frau, die ein halbes Pfund Farbe braucht, um jugendlich auszusehen. »Was willst du denn hier?« fragte er und zeigte auf einen der Sessel. Daß im Hintergrund das Bett einladend aufgedeckt war, genierte ihn nicht. »Schickt dich deine Mutter?«

»Mutti weiß nichts davon.« Karin setzte sich. Ihr Rock rutschte hoch, und Beljonow ertappte sich bei der Betrachtung ihrer schlanken Beine.

»Ich bin gekommen, um Ihnen zu sagen, daß ich Ihre Stimme wundervoll finde.«

»Ach!« Der Sänger sah Karin mit geneigtem Kopf an. Komplimente hörte er gern. Aber er wußte, daß seine Stimme keine Weltklasse war, sondern nur für die Provinz ausreichte. Er hatte zwei Platten besungen, und da klang seine Stimme ganz ordentlich, weil die Tontechniker etwas taugten.

Und wirklich, auf diese Platte kam Karin nun auch zu sprechen. »Ich habe Ihre Platte gehört – einfach super! Ich bewundere Sie, Herr Beljonow. Aber das haben Ihnen bestimmt schon viele gesagt.«

»Allerdings«, schnurrte Beljonow geschmeichelt.

»Wenn ich das sage, ist das besonders wichtig.« Karin schlug die Beine übereinander.

Beljonow wurde unruhig.

»Sie haben mich von der Rockmusik geheilt«, behauptete sie mit unschuldigem Augenaufschlag. »Ich liebe jetzt – durch Sie – seriöse Musik. Das ist eine ungeheure Revolution in mir, Sie verstehen?«

Beljonow nickte. Er sah verstohlen auf die Uhr. Welch ein Glück, daß Frauen unpünktlich sind! Aber die Uhr blieb nicht stehen, und Karin mußte aus dem Zimmer entfernt werden, sonst gab es Komplikationen. »Und darum bist du hier?«

»Ja.« Karin merkte, daß ihr Gespräch in eine Sackgasse geriet, und hatte plötzlich einen verwegenen Gedanken. Sie faßte sich an den Kopf und schwankte im Sitzen. »Mir ist plötzlich so schlecht, so merkwürdig, so schwindelig.« Aber statt sich auszustrecken, stand sie auf, und ehe Beljonow etwas tun konnte, war sie zum Bett gewankt und hatte sich darauf geworfen.

Der Sänger stand vor ihr und starrte sie an. Verzweifelt sah er noch einmal auf die Uhr. Dann setzte er sich plötzlich auf die Bettkante, umfing Karin und drückte sie an sich. Doch sie stieß ihn fort, und er taumelte zur Seite und wunderte sich, wie stark dieses Mädchen sein konnte.

Karin sprang auf, zerwühlte ihre Haare mit den Händen und starrte den verwirrten Mann an. »Hilfe!« rief sie erst leise. Und dann lauter, immer lauter: »Hilfe! Hilfe! Hilfe!«

Beljonow sprang auf. »Bist du still?« zischte er. »Du sollst ruhig sein! Ruhe!« Er versuchte Karin anzufassen, aber sie rannte weg, um den Tisch herum, und Beljonow setzte ihr nach, während sie »Hilfe, Hilfe!« schrie.

»Du Aas«, keuchte er, »du verfluchtes Aas! Das hast du in Romanen gelesen! So macht man einen Mann vor aller Welt fertig, was? Aber nicht mich! Nicht mich!«

Sie liefen um den Tisch herum, bis Beljonow auf die Idee kam, den Tisch an die Wand zu schieben und Karin so zu fangen.

Aber ehe er seinen Plan ausführen konnte, ging die Tür auf, und Lucia stand auf der Schwelle. Mit einem lauten Seufzer ließ sich Beljonow in seinen Sessel fallen. Nun war alles aus, das wußte er. Lucia hier, in wenigen Augenblikken mußte Betty kommen; so viele Worte gab es gar nicht, um zwei Frauen zu erklären, man sei unschuldig an dieser Situation.

Lucia zog schnell die Tür hinter sich zu, als sie die Lage überblickt hatte. Sie kümmerte sich nicht um Beljonow, sondern um ihre Tochter. »Was geht hier vor?« fragte sie scharf.

Beljonow räusperte sich. »Wenn ich erklären darf –«

Karin ließ ihn nicht zu Wort kommen. »Er war reichlich zudringlich, dein Macker!«

»Das ist eine Lüge!« schrie Beljonow und sprang auf. »Sie war plötzlich hier, und sie benahm sich so, als ob –«

»Er hat mich eingeladen«, erklärte Karin ungerührt. »Ich sollte heute zu ihm kommen, er habe eine neue Platte besungen, und das sollte für alle eine Überraschung sein.«

»Lüge!« brüllte Beljonow und ballte die Fäuste.

»Und ich kam hierher, und er versuchte mich anzutörnen.«

Beljonow lief rot an und rang nach Luft. »Ich erwürge dieses Aas!« schrie er. »Lucia, Liebling, ich schwöre dir, sie lügt.«

»Du Schwein!« fauchte Lucia. Sie schob Karin zur Seite und ging auf Beljonow zu. »Du erbärmliches Schwein!«

»Lucia, Liebling«, stammelte Beljonow, »so glaub mir doch. Was hier gespielt wird –«

Er kam nicht weiter. Lucias Hand schlug zu. Rechts und links klatschte es in Beljonows Gesicht. Dann legte sie den Arm um Karins Schulter und führte sie aus dem Zimmer. »Komm«, sagte sie zärtlich, »wir gehen nach Hause. Vergiß, was heute war.«

Beljonow stürzte vor und wollte ihnen den Weg verstellen, als zum dritten Mal die Tür aufging – und Betty erschien. Betty war eine Bardame aus Kölns Nachtleben, und so sah sie auch aus.

»Aha!« Lucias Stimme klang laut und schrill. »Die nächste! Geht es hier nach Voranmeldung, Abonnement oder Nummern?« Sie starrte die sprachlose Betty giftig an. »Sie sind dran! Nehmen Sie ihn mit Haut und Haaren und seinem Speckbauch! An ihm ist alles Talmi, sogar sein Gold in der Kehle ist unecht!« Sie riß die Tür auf und drängte Karin auf den Flur hinaus.

Stumm fuhren Mutter und Tochter zur Villa Etzel zurück. Dort schloß sich Lucia in ihrem Schlafzimmer ein. Niemand sollte sehen und hören, daß sie weinte.

»Wie war es?« fragte Monika oben in ihrem Zimmer, als Karin erschöpft auf die Couch sank.

»Alles nach Plan!«

»Mutti ist von Beljonow kuriert?«

»Ja, und ich auch! Es hing alles an einem seidenen Faden.«

Monika ging zum Wandschrank, holte eine Flasche Cola und goß Karin ein Glas ein.

»Tu einen Schuß Cognac rein«, bat Karin, »ich hab's nötig.«

»Und wie geht es nun weiter, Karin?«

»Nun müssen wir Papi überzeugen, daß nur Mutti die richtige Mutter für uns ist – und für ihn die richtige Frau.«

»Das wird nicht schwer sein.« Monika trank auch ein Glas Cola mit Cognac. Sie sah ihre Schwester an und nickte mehrmals. »Beljonow ist ausgeschaltet. Da hast du ein gutes Werk getan, Karin.« Sie legte sich neben ihre Schwester auf die breite Couch. »Übrigens, vor einer Stunde hat Hembach angerufen.«

Karins Kopf flog herum. »Was wollte er?«

»Er fragte, wie es uns geht.« Monika zog Karin an den Haaren. Ihre Stimme war ernst. »Karin, laß wenigstens ihn in Ruhe! Er ist ein so anständiger Mann! Du kannst ihm seine ganze Karriere zerstören. Wenn du so weitermachst, dann erzähle ich alles Papi.«

»Das kannst du.« Karin starrte vor sich hin auf die Wand. »Ich mag ihn. Und wenn du mich für blöd hältst – ich liebe ihn, ja! Ich würde ihn auf der Stelle heiraten, wenn er mich fragte.«

»Dann hätte er ein Rad ab! Dich heiraten, das wäre langsamer Selbstmord.«

»Ihr kennt mich alle nicht.« Karin wälzte sich auf den Rücken und schob mit beiden Händen ihre Haare wie einen Vorhang über ihr Gesicht. »Ich bin ganz anders, wenn ich wirklich liebe.«

Am Wolfgangsee hatte es noch eine Veränderung gegeben: Thomas Andau war nach Hause geschickt worden. Der Direktor hatte es selbst entschieden, weil die Krankheit, die bei Thomas plötzlich aufgetaucht war, rätselhaft schien und auch von zwei Ärzten in St. Wolfgang und St. Gilgen nicht erklärt werden konnte. Er fieberte ohne Infektion, ohne Entzündung; daß er das Fieber durch Reiben an der Quecksilbersäule selber erzeugte, wußte und bemerkte niemand.

»Es hat keinen Zweck, wir setzen uns in die Nesseln, Dr. Natz«, entschied schließlich der Direktor. »Der Junge fährt nach Köln zurück, in fachärztliche Behandlung. Wer weiß, was er ausbrütet; nachher ist es Kinderlähmung! Sofort zurück nach Köln!«

Und so saß Thomas vier Tage nach der Abreise der

Etzel-Zwillinge fröhlich und gesund im Zug nach Köln und freute sich auf das Wiedersehen mit Monika. Im Hauptbahnhof holten ihn seine besorgten Eltern, die man telefonisch von seiner Krankheit unterrichtet hatte, ab. Um so erstaunter waren sie, als der kranke Junge fröhlich aus dem Zug sprang und den Eltern lachend entgegenlief.

»Du siehst ja gar nicht krank aus, Tommi«, stellte Frau Andau erleichtert fest und umarmte ihren Sohn.

Josef Andau maß seinen Sohn mit abschätzenden Blikken. »Heute kein Fieber?« fragte er.

»Keins, Papa! Und auch morgen und übermorgen nicht. Ich bin kerngesund.«

»Da soll doch einer ...« Josef Andau versuchte, Strenge zu zeigen und väterliche Autorität. »Also fingiert? Theater?«

»Ja, Papa.«

»Grund?«

»Nachher, Papa.«

»Und das Fieber mit achtunddreißig Grad?«

»Habe ich von dir.«

»Von mir?« Josef Andau sah unsicher auf seine kleine Frau.

»Der Trick mit dem Thermometer.«

»So werden die Söhne wie die Väter«, seufzte Frau Andau und sah ihren Mann lächelnd an. »Soll man sich da noch wundern? Na, auf jeden Fall ist der Junge hier. Das ist die Hauptsache.«

Am Abend saßen Vater und Sohn vor dem Kamin, tranken einen Cognac und rauchten.

»Nun schieß mal los«, begann Josef Andau. »Was wird hier gespielt? Der Trick mit dem Thermometer hat doch seinen Grund.«

»Ich habe auch einen Grund, Papa«, sagte Thomas und sah dem Rauch seiner Zigarette nach.

»Und der wäre?«

»Er ist langbeinig, hat blonde Haare und heißt Monika.«

»Und so etwas leistest du dir kurz vor dem Abitur?«

»Ja, Papa!« Thomas strahlte seinen Vater an. »Wegen Monika werde ich ein Abitur hinlegen, wie du es noch nicht gesehen hast! Erst war mir das gleichgültig, aber jetzt will ich ran! Monika soll stolz auf mich sein.«

»Das muß ja ein Wundermädchen sein.« Josef Andau entkorkte eine Flasche Wein. »Ich sehe sie mir an, diese Monika.«

»Monika Etzel.«

»Von dem Architekten?«

»Genau.«

»In Ordnung. Es bleibt unter uns, Thomas. Du bist ein Glückspilz.«

»Und du bist ein Super-Papa!« strahlte Thomas und prostete seinem Vater zu.

Zwei Stunden schwebten Peter und die Kriminalbeamten mit dem Militärhubschrauber über die Felsen. Sie sahen alles Mögliche: Kletterer, Kühe auf den Almen, ein Liebespaar auf einer kleinen Bergwiese, drei Gemsen und herrliche Hirsche, aber das geheimnisvolle Haus in den Felsen entdeckten sie nicht.

»Aus! Schluß!« sagte der Offizier in der gläsernen Kanzel. »Nun kennen wir jede Bergspalte. Wir fliegen zurück.«

Peter war dem Weinen nahe, als der Kriminalrat ihn im Haus des Bürgermeisters von Retzenhaus ins Gebet nahm und ihm vorwarf, er narre die Polizei mit seiner blühenden Phantasie. In Wirklichkeit sei es doch wohl so, daß er zu Hause ausgerissen sei und nichts als Abenteuer erleben wolle. »Das kann deinen Vater teuer zu stehen kommen«, bemerkte der Kriminalrat böse. »Die ganze Suchaktion muß er bezahlen. Das ist nicht billig, mein Lieber!«

»Natürlich bin ich weggelaufen«, gab Peter zu, »das habe ich ja erzählt. Und auf der Autobahn bei Heidelberg, da hat mich dieser Mann mit dem Sportwagen –«

»Schluß jetzt!« befahl der Kriminalrat laut. »Erzähle das deinem Vater! Den rufen wir jetzt an, daß er dich abholt. Wenn du mein Sohn wärst, Bürschchen, dann könntest du jetzt was erleben.«

Da man nicht wußte, wohin mit Peter, bis Ludwig Etzel angereist kam, steckte man ihn in den Raum im Spritzenhaus, in dem man sonst Landstreicher verwahrte. Hier richtete sich Peter häuslich ein, bekam vom Bürgermeister zwei Karl-May-Bücher und wartete auf seinen Vater.

In Köln schlug die Nachricht aus dem kleinen Retzenhaus wie eine Bombe ein.

»Peter ist wiedergefunden, gesund und munter«, rief Ludwig nach dem Anruf aus Österreich, »wir sollen ihn abholen. Der muß ja toll was gedreht haben. Ich soll drei Hubschrauberstunden und anscheinend die halbe Polizei Österreichs bezahlen!«

Karin lief sofort zu ihrer Mutter hinauf. »Sie haben Peter gefunden!« rief sie. »Papa holt ihn ab. Peter ist kerngesund. Und er muß allerhand ausgefressen haben.«

Mit einem Seufzer der Erleichterung fiel Lucia ihr in die Arme.

Stillschweigend hatten sich die Zwillinge geeinigt, daß Monika neben Dr. Schachtner ihren Vater begleiten sollte. Dr. Schachtner fuhr mit, um an Ort und Stelle die Rechtslage zu klären. Außerdem wollte er auf Ludwig Etzel aufpassen. Der Herzanfall war gerade überstanden und seine Kräfte sehr reduziert.

»Ich werde Papi auf der Fahrt davon überzeugen, daß eine Scheidung absurd ist«, sagte Monika zu Karin, bevor sie in den Wagen stieg. Dr. Schachtner fuhr ihn. Mit einer Übernachtung in München wollten sie morgen in Retzenhaus eintreffen. »Du hast den dicken Beljonow ausgeschaltet, nun laß mich das mit Papi und Mutti machen.«

»Einverstanden.« Karin gab ihrer Schwester einen Kuß. »Was wären unsere Eltern ohne uns, nicht wahr? Mach's gut, Schwesterchen!« Sie stand auf der breiten Treppe und winkte dem Wagen nach, als er in die Straße einbog.

Oben, hinter der Gardine ihres Zimmers, stand Lucia. Daß sie nicht mitfahren konnte, war schrecklich für sie. Aber sie traute es sich nicht zu, nicht jetzt. Mit flehenden Augen sah sie dem Wagen nach, dann blickte sie nach unten und sah Karin auf der Treppe stehen und winken.

11

Einige Stunden nach der Abfahrt Ludwig Etzels und Monikas schellte das Telefon. Karin, die sich gerade in der Diele aufhielt, hob ab.

Eine Männerstimme fragte: »Bist du es, Monika?«

»Ja«, sagte Karin schnell, »wer ist denn da?«

»Ich bin es, Thomas.«

»Du?« Karin setzte sich auf die große, alte Truhe, die neben dem Telefontischchen stand. »Von wo aus rufst du denn an?«

»Von hier, aus Köln. Ich bin auch nach Hause geschickt worden. Wegen Krankheit.«

»Oh! Was hast du denn, Thomas?«

»Nichts.« Thomas lachte. »Ein kleines Täuschungsmanöver. Ich wollte nur nach Köln zurück, um in deiner Nähe zu sein.«

»Das ist aber lieb, Tom«, sagte Karin. Sie beneidete ihre Schwester, daß sie einen Menschen hatte, der bei ihr sein wollte. »Du hast gehört, was bei uns passiert ist?«

»Ja, im Fernsehen haben sie Peters Bild gebracht. Darum rufe ich dich an. Kann ich dir helfen?«

»Nein, Tom. Peter ist schon gefunden. Er ist nur mal so ausgerissen und hat sich in den österreichischen Alpen herumgetrieben. Papi ist gerade unterwegs, um ihn abzuholen. Na, das gibt ein Donnerwetter!«

»Du«, sagte Thomas gedehnt, »können wir uns heute nachmittag sehen?«

»Aber ja, Tom.« Karin strich sich die Haare aus der Stirn. Monika kam frühestens in drei Tagen zurück. Das würde ein richtiges Abenteuer werden, sie zu vertreten und Thomas die liebe, sanfte Monika vorzuspielen. »Wann und wo?«

»Um vier Uhr vor dem Opernhaus, ja? Wir gehen auf die Opernhausterrasse und essen ein Eis. Ich warte vor dem Haupteingang am Offenbachplatz.«

»Ich werde ganz pünktlich sein, Tom.«

»Bringst du deine Schwester mit?«

»Nein, soll ich?«

»Ich möchte lieber mit dir allein sein, Moni.«

»Karin kann auch gar nicht. Sie ist mit unserem Vater gefahren, Peter abholen.«

»Ein Glück für uns.«

»Ach!« In Karins Herz gab es einen Stich. »Magst du Karin nicht?«

»Sie ist wie ein Spiegelbild von dir und doch ganz anders. Du bist sanfter, klüger. Karin macht die Leute erst an und läßt sie dann fallen. Ich glaube nicht, daß sie überhaupt richtig lieben kann.«

»Das glaube ich aber doch.« Karins Stimme hatte Mühe, fest zu bleiben. Ärger und Erschrecken hatten sie gepackt. »Ich glaube, ihr verkennt Karin alle.«

»Aber die ganzen Verwirrungen in St. Wolfgang sind doch ihr Werk gewesen! Trotzdem, ich finde es super, wie du von deiner Schwester sprichst.«

»Bis um vier, Tom«, sagte Karin kurz und legte den Hörer auf.

Thomas sah seinen Vater mit einem schiefen Lächeln an. »Ich glaube, sie ist sauer; ich hätte das mit Karin nicht sagen dürfen.«

»Daran sieht man, daß du mit Frauen noch so deine Schwierigkeiten hast.« Josef Andau lachte laut und warf sich in einen Sessel. »Du hast sie gern, diese Monika Etzel?«

»Ja, Papa. Und wenn ich schon so ungeschickt mit den Frauen bin, lege ich wenigstens im Abi eine Zwei hin.«

»Das ist ein Wort.« Josef Andau steckte sich eine Zigarette an. »Ich komme heute mit. Vier Uhr Opernhaus.«

»Unmöglich, Papa!« Thomas stand auf. »Ich brauche doch kein Kindermädchen! Du machst mich lächerlich.«

»Knallkopp.« Josef Andau lehnte sich gemütlich zurück. »Ich sitze irgendwo im Hintergrund. Unsichtbar. Du wirst mir doch noch gestatten, deine neue Flamme aus der Ferne zu begutachten! Also mein Sohn: Vier Uhr am Opernhaus!«

Es war ein strahlender Mittag, als Ludwig Etzel, Dr. Schachtner und Monika in Retzenhaus ankamen und sofort zum Bürgermeisteramt fuhren.

»Wo ist mein Sohn?« fragte Ludwig unverzüglich den Bürgermeister.

»Im Spritzenhaus.«

»Wo?«

Der Bürgermeister hob die Schultern. »Das war die einzige Möglichkeit, den Bengel unter Kontrolle zu halten. Privatleute waren nicht sicher genug. Also blieb nur das Spritzenhaus. Schließlich ist das saubere Früchtchen schon einmal ausgerissen, nicht wahr?«

»An Ihnen ist ja wohl ein ganz besonders moderner Pädagoge verlorengegangen«, entrüstete sich Ludwig.

Aber Dr. Schachtner stieß ihn an. Laut werden hatte keinen Sinn. »Es wäre nett, wenn Sie den jugendlichen Verbrecher vorführen ließen«, spottete Dr. Schachtner.

Das wirkte schon eher. Der Bürgermeister telefonierte

mit einigen Dienststellen und sah dann den deutschen Anwalt giftig an. Sie werden zahlen müssen, dachte er. Fahndung, Hubschraubereinsatz, Irreführung der Behörden, das klingelt in der Kasse! »Der Bengel kommt gleich«, sagte er ärgerlich, »der Gendarm bringt ihn. Auch kommt der Kriminalrat mit, der auf Ihre Ankunft gewartet hat.«

Nach zehn Minuten flog die Tür auf. Ein Gendarm erschien und schob Peter vor sich her.

»Papi«, schrie Peter und breitete die Arme aus. Er rannte auf seinen Vater zu, und der fing ihn auf, hob ihn hoch und küßte ihn auf beide Wangen.

Dann lagen sich Monika und Peter in den Armen, und Monika weinte vor Glück und Freude.

Wenig später erzählte Peter noch einmal seine unglaubliche Odyssee. Die Österreicher lächelten mokant. Man sah ihren Mienen an, was sie dachten: Der Junge hat eine blühende Phantasie, hat zu viel ferngesehen.

Dr. Schachtner hörte genau zu, was Peter berichtete, und machte sich einige Notizen. Der Bürgermeister sah es mit Stirnrunzeln. Hier kann auch der beste Anwalt nicht helfen, dachte er, hier hilft nur eine Ohrfeige, und dann zur Kasse, meine Herren!

Peter war am Ende. Er sah seinen Vater mit großen blauen Augen an. »Glaubst wenigstens du mir, Papi?« fragte er ängstlich.

Ludwig nickte. »Ja, Peter.«

Der Bürgermeister sah an die Decke. »In den Bergen gibt es dieses Haus nicht! Der Bengel ist ausgerissen, um etwas zu erleben.«

»Ich glaube dem Jungen.« Dr. Schachtner sah auf den Kriminalrat, der in seinen Papieren blätterte. Es gab schon eine Akte »Peter Etzel«. »Der Junge hielt sich in einem Ferieninternat auf aus Gründen, die hier nicht zur Debatte stehen. Er war dort sehr unglücklich und kam auf die Idee, zu seinen Schwestern an den Wolfgangsee zu trampen. Das können Sie vielleicht nicht verstehen – aber man muß auch einmal in die Seele dieses kleinen Kerls sehen und erkennen, was in ihr vorgeht, wenn er sich abgeschoben fühlt.« Dr. Schachtner nahm aus seiner Aktentasche eine genaue Karte des Alpengebiets und breitete sie auf dem Schreibtisch aus. »Wir sind hier«, erklärte er und zeigte mit dem Finger auf den Namen Retzenhaus. »Die italienische Grenze ist in unmittelbarer Nähe. Die Grenze ist nur auf dem Papier gezogen, denn man kann nicht alle Felsschluchten und Bergwege kontrollieren und absperren. Ist es nicht möglich, daß das geheimnisvolle Haus auf italienischer Seite liegt?«

»Möglich schon«, meinte der Ortsgendarm und handelte sich dafür einen giftigen Blick des Bürgermeisters ein.

»Haben Sie die italienische Polizei um Amtshilfe gebeten?« fragte Dr. Schachtner.

Der Kriminalrat schüttelte den Kopf. »Wir haben mit dem Hubschrauber alles abgeflogen. Außerdem ist es unmöglich, daß ein Auto sich über diese Bergwege bewegen kann. Hier ist ein Beweis, daß der Junge –«

»Beweise sind Tatsachen, Herr Kriminalrat.« Die Stimme Dr. Schachtners klang hart. »Was Sie anführen, sind Vermutungen. Ohne eine genaue Untersuchung der Gegend von italienischer Seite aus lehne ich jede Stellungnahme zu diesem Fall ab!« Er sah den Bürgermeister an. »Hier geht es nicht um einen kleinen Lügner«, sagte er scharf, »hier sollte ein Kind entführt und als Erpressungsmittel mißbraucht werden! Daß der Junge sich selbst befreien konnte, hat ihm vielleicht das Leben gerettet. Und anstatt sofort mit allen zur Verfügung stehenden Mitteln in diesen Fall einzusteigen, sperrt man ihn als Lügner ins Spritzenhaus! Ich werde dem Landeshauptmann davon Mitteilung machen.«

Der Bürgermeister sprang auf und rang nach Luft. »Polizei«, schrie er, »Hubschrauber, Militäreinsatz, was wollen Sie noch mehr?«

»Das Haus!« schrie Dr. Schachtner zurück. »Und ich will, daß Sie endlich aus Ihrer dickfelligen Ruhe aufwachen!«

»Da muß einer aus Deutschland kommen, was?« brüllte der Bürgermeister.

»Jawohl! Und diese Bemerkung kann Sie das Amt kosten!«

»Irrtum, ich bin Beamter auf Lebenszeit!«

»Meine Herren!« Der Kriminalrat stand am Telefon. Während sich die anderen stritten, hatte er über das Fernamt die Polizei von Giorvienna, dem Dorf auf der anderen Seite, angerufen.

Der italienische Carabinieri-Leutnant war gerade beim Essen, als der Anruf kam. Im Gegensatz zu dem österreichischen Bürgermeister reagierte er freundlich. »Hier gibt es viele Häuser«, sagte er bereitwillig. »Das am höchsten gelegene, fast an der Grenze zu Ihnen, ist die Felsenvilla eines gewissen Erhard von Hallmann. Wie bitte? Erpressung? Aber Signore, Herr von Hallmann ist Millionär, hat in Deutschland Fabriken. Das wäre ein dummer Verdacht!«

Der Kriminalrat hielt die Sprechmuschel zu und wandte sich an Dr. Schachtner. »Fehlanzeige«, sagte er leise. »Es gibt eine Felsenvilla auf der anderen Seite, aber die gehört einem Millionär.«

»Hat er zwei große Hunde?«

Der Kriminalrat wiederholte die Frage an den Leutnant. Erstaunt sah er nach dessen Antwort den Anwalt an. »Ja«, meinte er gedehnt.

»Aha. Die italienischen Kollegen sollten sich mal die Villa ansehen. Vielleicht erlaubt man uns mitzukommen.«

Der Kommissar sprach einige Zeit mit dem Leutnant, dann legte er auf. »Sie rufen wieder an«, sagte er.

Es dauerte fünf Stunden, bis sich Giorvienna wieder meldete. In der Zwischenzeit waren Ludwig Etzel, Monika und Peter in dem einzigen Gasthaus von Retzenhaus zum Essen gegangen. Dr. Schachtner und der Kriminalrat blieben in der Amtsstube. Man brachte ihnen das Essen dorthin. Dann endlich klingelte das Telefon.

Die Stimme des Carabinieri-Leutnants klang aufgeregt. »Wir haben zunächst die beiden Hunde gefunden. Erschossen. Sie liegen in der Schlucht. Im Haus fanden wir alles so, wie Sie es gesagt haben; sogar das Milchglas des Jungen stand noch dort. Wir haben sofort in Deutschland nachfragen lassen. Herr von Hallmann hat seit drei Monaten ein Konkursverfahren laufen und soll in Monte Carlo Unsummen verspielt haben. Er ist achtunddreißig Jahre alt und war Alleinerbe der Fabriken. Ein Erpressungsversuch ist unter diesen Umständen schon möglich. Interpol ist bereits eingeschaltet.«

Der Kriminalrat legte den Hörer auf und sah Dr. Schachtner mit einem schiefen Lächeln an. »Sieg auf der ganzen Linie für Sie, Herr Doktor. Die Großfahndung rollt. Ich muß mich für uns alle entschuldigen. Sie können den Jungen mitnehmen. Er ist ein kleiner Held!«

Zufrieden verließ Dr. Schachtner das Bürgermeisteramt und ging zum Gasthaus hinüber, wo Ludwig Etzel, Monika und Peter warteten. »Eine Flasche Wein«, rief er dem Wirt zu und ging an den Tisch, »den besten, den Sie haben!« Er strich Peter über den Kopf. »Du Lausejunge!«

»Seht ihr?« Peter sah sich stolz um. »Ich habe nicht gelogen!«

»Das habe ich auch nie angenommen«, erwiderte sein Vater leise. Er dachte an seine gescheiterte Ehe. Drei so prächtige Kinder; in ein paar Wochen ist unsere Familie auseinandergerissen. War Lucia allein schuld? War er nicht tatsächlich immer unterwegs gewesen? Bis auf ein paar Briefe und Ermahnungen aus der Ferne hatte er sich kaum um die Kinder gekümmert. Es war fast ein Wunder, daß sie so gut gediehen waren. Aber dann dachte er an den dicken Tenor Beljonow, und sein Herz wurde wieder hart. Das werde ich Lucia nie verzeihen können, nie! Ich habe die ganzen Jahre doch nur geschuftet, um meine Familie glücklich zu machen. Soll das der Dank sein? Wir werden auch weiterleben können ohne eine Frau und Mutter. Wir müssen es!

Pünktlich um vier Uhr traf Karin vor der Oper ein. Sie trug ein geblümtes Sommerkleid und zog, wie immer, bewundernde Blicke auf sich.

Thomas' Vater saß bereits auf der Opernterrasse unter dem riesigen Sonnendach und trank einen Aperitif. Er und Thomas waren zusammen bis zum Parkplatz gefahren und hatten sich dann wie zwei Verschwörer getrennt.

Thomas ging Karin ein paar Schritte entgegen. Seine Miene war finster. »Ich denke, du bist mit deinem Vater gefahren, um Peter zu holen?« fragte er, als sie voreinander standen.

»Wieso? Karin ist mit.«

»*Du* bist doch Karin. Ich falle auf eure Ähnlichkeit nicht mehr herein! Also ist Monika mit.«

»Ja.« Karin sah zu Boden. »Woran hast du mich erkannt, Tom?«

»An deiner herausfordernden Art, als du merktest, daß dich die Männer anglotzten.«

»Ich bin eben ein Aas.« Sie lächelte traurig. »Du hast es ja selbst gesagt.«

Thomas war nicht verlegen. Er nickte nur und blickte sich nach seinem Vater um. »Nun ist wieder alles verfahren«, sagte er ärgerlich. »Mein Vater beobachtet uns. Er will unerkannt sehen, wie Monika ist. Und nun bist du da!«

»Bin ich denn so schlimm?«

»Manchmal«, wich Thomas aus.

»Und du liebst Monika?«

»Ja. Ich habe es meinem Vater gesagt.«

Karin strich sich die Haare zurück. Es war eine Bewegung, wie sie auch Monika machte. »Du sollst mit mir zufrieden sein«, versprach sie leise, »ich muß nicht immer alles zerstören. Ich kann auch helfen. Ich werde dir eine Monika vorspielen, wie sie dein Vater sehen möchte! Du mußt nur mitmachen.«

»Und meinen gutgläubigen Vater betrügen?«

»Du kannst ja mal eine Ausnahme machen.« Karin sah in den blauen Himmel. »Ich würde dich jetzt unterfassen und sagen: Komm, gehen wir ein Eis mit Kirschlikör essen! Aber Monika tut so etwas nicht. Sie wartet darauf, daß *du* sie unterfaßt.«

»Okay«, lachte Thomas, faßte Karin unter und ging mit ihr langsam zur Terrasse.

So kamen sie auch an dem Tisch von Josef Andau vorbei. Thomas sah ihn an. Der Vater nickte zufrieden.

»War er das?« flüsterte Karin ein paar Schritte weiter, als sie sich an einem freien Tisch niederließen.

»Ja.«

»Nett, dein Vater.«

Sie bestellten Eis und unterhielten sich über die neuesten Hits, über ihre Lehrer und den Blödsinn, Latein zu pauken, wenn man zum Beispiel Architekt wird, oder Mathematik, wenn man Bibliothekar werden will. Aber ganz allmählich vertiefte sich das Gespräch.

Thomas erzählte von seinen Schwierigkeiten, sich beruflich zu entscheiden, da er sich sowohl für Architektur als auch für Juristerei interessierte. »Ein Glück, daß ich nach dem Abi erst mal zum Bund muß«, meinte er, »da hab' ich dann eine Art Galgenfrist bis zur endgültigen Entscheidung.«

Karin nickte. »Jedenfalls hast du konkrete Vorstellungen, und das ist doch schon eine Menge wert, auch wenn dir die schwierige Entscheidung noch bevorsteht. Im übrigen wird dir dein Vater dabei bestimmt helfen.«

Erst jetzt bemerkten die beiden, daß Josef Andau nicht mehr auf seinem Platz saß. Er hatte still die Terrasse verlassen.

»Bei mir«, fuhr Karin fort, »ist das alles noch ziemlich unausgegoren. Ich wäre gern Stewardess geworden.«

»Das könnte ich mir für dich auch gut vorstellen.«

»Mag sein. Aber nun gibt es da einen Menschen, für den ich möglicherweise alle Pläne an den Nagel hängen würde.«

»Die große Liebe?« fragte Thomas lachend, wurde aber gleich wieder ernst, als Karin erwiderte: »Ich weiß, daß ihr alle mir die große Liebe nicht zutraut. Im Grunde bin ich da selber dran schuld, so wie ich mich bisher aufgeführt habe. Aber Jungsein heißt schließlich auch: sich austoben dürfen, etwas einsehen, sich ändern, oder?«

»Klar.«

Karin erhob sich. »Wollen wir gehen? Ich möchte nämlich heute abend noch jemand besuchen.«

In der Nacht vor der Abfahrt aus Retzenhaus hatte Monika endlich Gelegenheit, mit ihrem Vater zu sprechen. Ludwig Etzel war fröhlich wie selten. Die Wiederfindung Peters betrachtete er als ein Zeichen dafür, daß ihn nicht alles Glück verlassen hatte.

»Nun sind wir alle wieder zusammen«, sagte Monika, als sie allein waren.

Peter schlief schon, Dr. Schachtner sprach noch mit dem Kriminalrat. Die ersten Meldungen aus Deutschland liefen ein: Erhard von Hallmann war flüchtig. Er fuhr einen bekannten Sportwagen, aber es war anzunehmen, daß er ihn gewechselt hatte, eben weil er damit überall auffiel.

»Morgen sind wir wieder in Köln«, fuhr Monika fort, »und es wird so schön sein wie selten zuvor.«

Ludwig schielte zu seiner Tochter hinüber. Sie war ein erwachsenes Mädchen; man konnte offen mit ihr reden. »Ich lasse mich von Mutti scheiden«, sagte er hart.

»Das weiß ich. Aber ist das nötig?«

»Sie hat mich mit Beljonow betrogen.«

»Mutti war immer so allein.«

»Das ist kein Freibrief für Untreue!«

»Mutti ist auch noch keine alte Frau.«

»Kind, was verstehst du davon?« Ludwig lachte gequält. »Merk dir eins fürs Leben: Treue und Vertrauen sind die einzigen Grundlagen, auf denen man eine Ehe aufbauen kann. Beides hat deine Mutter zerstört.«

»Und du, Papi?«

»Erlaube mal!« Ludwig fuhr herum. Er sah in die merkwürdig kühlen Augen seiner sonst so sanften Tochter. »Was heißt das?«

»Ich habe nie darüber gesprochen, Papi. Es war vor einem Jahr. Ich besuchte dich im Büro. Nach Feierabend. Alle Mitarbeiter waren weg, die Türen nur angelehnt. Ich wollte dich überraschen und schlich mich an dein Zimmer heran. Und ich habe dich überrascht. Die Aurach war bei dir.«

»Monika!« Ludwig wurde blaß. Nervös zog er an seiner Krawatte. »Was hast du gesehen?«

»Genug, Papi.« Monika blickte zu Boden. »Ich bin wieder weggeschlichen. Und keiner hat etwas erfahren, selbst Karin nicht. Aber ich war wochenlang traurig und habe Mutti bedauert. Und diese Irene Aurach hätte ich umbringen können!«

»Das ist ja ... das ist ...« Ludwig fuhr sich durch die Haare. Meine Tochter hat mich mit Irene überrascht, dachte er. Was wird sie jetzt von mir halten? Ein ertappter Liebhaber seiner Sekretärin, aufgespürt von der eigenen Tochter.

»Wenn man es mathematisch betrachtet, Papi«, sagte Monika ruhig, »und du bist doch ein großer Mathematiker, steht die Rechnung eins zu eins. Eine ausgeglichene Bilanz der Untreue. Wäre es nicht möglich, daß Mutti und du, jeder für sich, vergißt, was war? Wir sind ja noch da. Und wir lieben euch beide. Fehler hat jeder Mensch.«

Ludwig lachte bitter. »Die Philosophie eines Kindes als Kitt für eine zerbrochene Ehe! Soweit sind wir!« Er stand auf, ließ Monika allein am Tisch sitzen und ging in sein Schlafzimmer hinauf. Er schämte sich.

Am nächsten Morgen fuhren sie ab. Ludwig übernahm für die erste Strecke das Steuer. Er war etwas bedrückt und schien übernächtigt.

Auf der Autobahn Salzburg–München kamen sie in einen Platzregen. Der Scheibenwischer bändigte die Wassermassen nicht mehr, die an das Fenster klatschten. Plötzlich rutschte der Wagen weg, drehte sich wie ein Kreisel und raste auf einen Hang zu.

Ludwig kurbelte wie wild am Steuerrad, aber er konnte das Unheil nicht mehr verhindern. »Festhalten!« schrie er noch. »Knie hoch! Abstemmen!«

Dann krachte es schon, nasse Erde und große Rasenstücke wirbelten um den Wagen, es roch nach Benzin und verbranntem Gummi, Glas splitterte.

Zwanzig Minuten später rasten zwei Krankenwagen zum Krankenhaus nach Rosenheim. Vier ausgestreckte, blutüberströmte Körper lagen auf den Tragen.

Im Operationssaal wurden zwei Tische vorbereitet, die Ärzte standen an den Waschbecken und wuschen sich, als die Krankenwagen mit Blaulicht und Sirenengeheul in den Hof fuhren.

Ein Kranwagen schleppte um diese Zeit den zertrümmerten Wagen von der Autobahn ab.

Ein Streckenwärter half beim Anseilen. »Der ist schrottreif«, bemerkte er traurig, »und von denen lebt bestimmt keiner mehr.«

12

Aber sie lebten noch!

Im Operationssaal der Klinik stellte man fest, daß zwar viel Blut geflossen war, aber die Verletzungen nicht lebensbedrohend waren. Die schnelle Reaktion Ludwig Etzels und sein Zuruf: »Festhalten! Knie hoch! Abstemmen!« hatten bei allen Autoinsassen den Aufprall vermindert und ihnen vielleicht sogar das Leben gerettet. Ludwig hatte einen Armbruch und zwei eingedrückte Rippen, Dr. Schachtner kam mit einer Gehirnerschütterung und einigen Schnittwunden im linken Arm davon, Monika hatte eine Schulterverletzung, und Peter sah aus wie ein Inder: Er trug wegen einer Platzwunde einen Kopfverband. Zunächst lagen alle zusammen in einem Zimmer.

Monika war die erste, die ihre Umgebung wahrnahm. Sie versuchte sich aufzurichten. Eine weißgekleidete Schwester drückte sie sanft ins Kissen zurück.

»Was ... was ist passiert?« fragte Monika schwach. Das Zimmer drehte sich wieder vor ihren Augen. Der Blutverlust war groß gewesen. »Wo ist Papi? Was ist mit Peter?«

»Sie sind alle hier«, antwortete die Schwester leise, »es ist nichts weiter passiert.«

»Aber das Auto ... Es raste den Hang hinauf ... Es knallte ... Wir ...« Monika wollte sich erneut aufrichten. Die letzten Sekunden der Erinnerung waren wieder da. Sie hörte sich aufschreien, als die hohe Erdwand auf sie zuraste. Dann splitterte Glas.

»Es ist noch einmal gut gegangen«, antwortete die Schwester, »alle haben nur ein paar Schrammen.«

Monika schloß die Augen. Neue Schwäche überfiel sie. »Mutti«, murmelte sie, »man muß Mutti rufen.«

»Das haben wir schon getan; Dr. Rudolph hat in Köln angerufen.«

»Und sie kommt?«

»Ich denke doch«, erwiderte die Schwester mit einem erstaunten Unterton.

»Oh, dann wird alles gut werden.« Monika streckte sich in dem kühlen weißen Bett. »Dann ist alles gut.« Und sie schlief wieder ein.

Dr. Hembach saß in seiner kleinen Wohnung gemütlich im Sessel, trank eine Flasche Bier und las in einer Illustrierten einen Bericht über Asien, als es draußen an der Tür klingelte. Er sah auf die Kuckucksuhr an der Wand – ein Geschenk seines Onkels, der im Schwarzwald wohnte und ihm das Studium bezahlt hatte – und stellte fest, daß um diese Zeit eigentlich niemand mehr zu kommen pflegte. Außerdem war bekannt, daß er sich mit seinem Kurs in St. Wolfgang aufhielt; daß er infolge außergewöhnlicher Umstände zurückgekehrt war, hatte sich noch nicht herumgesprochen. Er sprang auf, schlüpfte in die Jacke und öffnete.

Vor der Tür, in dem nüchternen Flur, stand Karin Etzel und lächelte ihn an.

»Sie?« Dr. Hembach blieb überrascht in der Tür stehen.

»Ja, ich! Das klingt aber nicht erfreut.« Karin hob sich auf die Zehenspitzen und blickte über die Schulter Dr. Hembachs in die kleine Wohnung.

»Sie zu sehen ist auch keine reine Freude«, erwiderte Dr. Hembach abweisend. »Was wollen Sie?«

»Muß das im Flur sein?«

»Ich bin beschäftigt.«

»In den Ferien?«

»Ich treibe Privatstudien.«

»Oh, wie interessant.« Karin lächelte ihn an. »Ich wollte mich auch nur entschuldigen.«

»So? Wofür?«

»Wegen des Fotos.« Sie sprach lauter, als sie im Flur eine Tür aufgehen sah. Auch Dr. Hembach sah es. »Sie wissen, Herr Doktor, als wir engumschlungen tanzten.«

Dr. Hembach trat schnell zurück und zog Karin mit einem Ruck in die kleine Wohnung. Wütend knallte er die Tür zu. »Sie haben ein Benehmen«, schimpfte er, »ich muß schon sagen...«

Karin ging beschwingt in die Wohnung und sah sich um, betrachtete die ledernen Sessel, die Teppiche und die drei alten Stiche, die Dr. Hembach auf einer Kunstauktion ersteigert hatte. »Sie haben es richtig gemütlich hier, Herr Doktor«, stellte sie fest, »so gar nicht wie ein Junggeselle.«

Dr. Hembach preßte die Lippen zusammen. »Sie scheinen ja Erfahrung in Junggesellenwohnungen zu haben«, sagte er ironisch. »Also, was führt Sie zu mir?«

»Nichts.« Karin lachte ihn an und setzte sich mit Schwung in einen der Ledersessel.

Dr. Hembach wandte sich ab. »Wenn Sie nur die Neugier hierher getrieben hat, so habe ich Ihnen etwas zu sagen!« Er trat an das Fenster und blickte auf die stille Vorstadtstraße hinunter. »Ich möchte – bevor ich mit Ihrem Vater spreche – Ihnen die Chance geben, mit Ihrem Vater zu sprechen. Ich möchte nämlich vorschlagen, daß Sie die Schule verlassen.«

»Warum?« Karin lehnte sich im Sessel zurück. Plötzlich

war sie ernst. Sie wußte: Jetzt fiel eine große Entscheidung.

»Ihre schulischen Leistungen sind miserabel. Ihr Zeugnis wird fürchterlich.«

»Und wenn ich bis dahin aufhole?«

»Kein Zweifel, daß Sie es könnten, Karin, aber Sie werden später genauso wenig Lust dazu haben wie jetzt. Sie sind geistig und körperlich kein Schultyp mehr. Sehen Sie sich im Spiegel an – sieht so ein Schulmädchen aus?«

»Gefällt Ihnen das nicht?« Karin lehnte den Kopf zurück.

»Nein!« erwiderte Dr. Hembach grob.

»Ist Ihnen ein Mädchen, das aussieht wie eine saure Gurke, lieber, Herr Doktor? Etwa die Marlies Heinicke aus unserem Kurs? Die sieht jetzt schon aus wie ihre Großmutter.«

»Und sie ist die Beste des Kurses.«

»Was hat sie später davon?«

»Sie wird studieren.«

»Und nie einen Mann bekommen. Ist das ein Leben?«

Dr. Hembach schwieg.

»Herr Doktor«, Karin beugte sich etwas vor, »wir haben Sie alle immer für einen jungen, aufgeschlossenen, modernen Lehrer gehalten, mit dem wir über alles sprechen können.«

»Verbindlichsten Dank«, sagte Dr. Hembach unsicher. Er drehte sich um. Karin Etzel in dem schwarzen Sessel war ein hinreißender Anblick. Siebzehn Jahre jung ist sie erst, dachte er verwirrt.

»Haben wir uns getäuscht, Herr Doktor?«

»Was wollen Sie wissen, Karin?«

»Muß eine Frau neunmalklug sein?«

»Nein, einmal genügt.«

»Eins zu null für Sie!« Karin lachte.

Dr. Hembach ging in dem Zimmer herum, als sei er aufgezogen und müsse laufen, bis das Uhrwerk abgeschnurrt sei.

»Ich habe sowieso vor, nach der elften Klasse abzugehen. Den ganzen Mathekram bis zum Abitur tue ich mir nicht an.«

»Und was wollen Sie dann machen?«

»Ich trete ins Architekturbüro meines Vaters ein. Sie wissen doch, im Zeichnen habe ich eine Eins. Die einzige im Zeugnis unter lauter Fünfen. Vielleicht werde ich Architektin. Innenarchitektin. Von schönen Dingen verstehe ich was.« Sie blickte Dr. Hembach erwartungsvoll an. »Was halten Sie davon?«

»Das müssen Sie mit Ihrem Vater ausmachen«, erwiderte er. »Und jetzt betrachte ich Ihren Besuch als beendet.«

»Sie schmeißen mich raus?« Karin erhob sich langsam. Ihre ganze Angriffslust war auf einmal in sich zusammengefallen. Sie fühlte sich erschöpft und traurig.

»Hm.« Dr. Hembach fuhr sich nervös durch die Haare.

Sie nickte, ging an ihm vorbei und blieb in der winzigen Diele stehen.

Der Lehrer zögerte, schloß die Tür zum Treppenhaus nicht auf, sondern spielte an seiner Krawatte. »Sie haben noch das Negativ des Fotos vom Wolfgangsee?« fragte er dann.

»Nein.« Karin sah zu Boden. »Das hat der Fotograf.«

»Geben Sie mir alle Bilder.«

»Ich möchte eins behalten, Herr Doktor.«

»Nein! Wozu denn?«

»Ich ... ich war so glücklich an diesem Abend.« Sie hob den Kopf und sah ihn an, in ihren tiefblauen Augen standen Tränen. Und plötzlich war alles ganz anders ...

Er umfaßte ihre Schultern und zog sie zu sich herab. »Was haben Sie, Karin?« fragte er leise.

»Das darf ich Ihnen nicht sagen.« Sie schluchzte auf und drückte ihr Gesicht an seine Brust. »Es ist alles so verrückt, Herr Doktor«, schluchzte sie, »so blöd und doch so wahr, völlig sinnlos, und doch kann ich es nicht ... Ich ... ich liebe Sie!«

Dr. Hembach stand eine Weile stumm und hielt das weinende Mädchen an sich gepreßt. In diesen wenigen Sekunden sah er alles vor sich: sein weiteres Leben, die Konsequenzen, den Ärger mit den Behörden und auch das unbeschreibliche Glück. »Karin«, sagte er leise. Er hob ihren Kopf und streichelte ihr Gesicht. »Es ist wirklich verrückt, aber ich fürchte, wir können nicht mehr dagegen an. Wir sind keine Übermenschen.« Er küßte sie, und es war eine Seligkeit in ihnen, die einer Verzauberung glich.

Eine Stunde später schrieb Dr. Hembach sein Gesuch um eine sofortige Versetzung an ein Jungengymnasium. Er hatte die Würfel seines Lebens geworfen und hoffte, daß sie alle auf die Sechs fielen.

Die Nachricht von dem Unglück auf der Autobahn traf Lucia während der Massage. Als sie hörte, was passiert war, wurde sie weiß bis in die Lippen. »O Gott«, murmelte sie, »meine Kinder ... mein Mann.« Und zu der Masseuse gewandt, fuhr sie stockend fort: »Ich muß zu ihnen, sie sind verunglückt, auf der Autobahn verunglückt.« Während sie sich mit zitternden Händen ankleidete, bat sie Gott, es möge das alles nur ein böser Traum sein. Dann rief sie nach Karin. »Wo ist Karin? Wir müssen sofort fahren! Himmel, wo ist denn Karin schon wieder? Wir müssen sofort fahren!«

»Ich werde Ihnen einen Leihwagen kommen lassen, mit Chauffeur«, schlug die Masseuse vor.

»Tun Sie alles, nur schnell, schnell!« Lucia schlug die Hände vor die Augen. »Sie sind in voller Fahrt in einen Hang hineingerast. Ausgerutscht bei Regen! O Himmel, meine Familie!«

Die Masseuse rief eine Mietwagenfirma an. »In einer halben Stunde ist der Wagen hier«, erklärte sie ruhig, »und nun seien Sie vernünftig und nehmen eine Beruhigungstablette, sonst halten Sie die Fahrt nicht durch.«

Lucia registrierte die Besonnenheit dieser Frau mit Dankbarkeit.

Sie konnten erst nach einer Stunde fahren, weil Karin nicht früher nach Hause kam. Wie ein beschenktes Kind sprang sie die Treppen hinauf und lief ihrer Mutter mit ausgebreiteten Armen entgegen. Erst dann sah sie, daß die Mutter verweinte, rotgeschwollene Augen hatte und ein dunkles Kostüm trug.

Der Freudenschrei blieb Karin im Hals stecken. Es war ihr, als stoße eine unsichtbare Faust sie zurück. »Was ... was ist, Mutti?« stotterte sie.

»Papi, Monika, Peter, Schachtner ... auf der Autobahn!«

»Nein«, schrie Karin auf, »nein!«

»Sie sind alle verletzt. Sie leben noch. Wir fahren sofort zu ihnen!«

Die Fahrt in dem großen, dunklen Wagen verlief stumm. Der Chauffeur fuhr schnell, aber sicher. Die Kilometer rasten unter ihnen weg. Felder, Wälder, Städte, Dörfer – sie sahen sie nicht. Erst nach einer Stunde wandte sich Lucia ihrer Tochter zu. Karin saß zusammengesunken in den Polstern.

»Wo warst du, Karin?«

»Bei Dr. Hembach.«

»Was wolltest du denn da?«

»Ihm sagen, daß ich ihn liebe.«

Durch Lucia ging ein Zucken. Auch das noch, dachte sie voll Schmerz. »Bist du verrückt?«

»Ja, Mutti.«

»Wie soll denn das mit der Schule gehen?«

»Das wird Erich schon machen.«

»Wer ist Erich?«

»Dr. Hembach.«

»O Gott!« Lucia lehnte sich zurück. »Bleibt uns denn gar nichts erspart? Was wird Papi dazu sagen?«

»Ich weiß nicht.« Karin verkroch sich noch mehr. »Ich liebe ihn. Und ich werde keinen Mann mehr so lieben wie ihn.«

Lucia faßte Karin an der Schulter. »Sieh mich an, Kind! Was ist geschehen?«

»Nichts, Mutti. Nicht, was du denkst. Wir haben uns nur geküßt. Aber wir gehören zusammen – auch wenn wir noch zwei Jahre warten müssen.«

Der Wagen raste über die Autobahn.

Um die gleiche Zeit erwachte Ludwig Etzel aus seiner Narkose und sah sich mit großen Augen um. Seine Brust war bandagiert, sein linker Arm hing hoch an einem Gerüst in einem Streckverband.

»Guten Tag, Papi!« rief Monika vom Nebenbett.

»Du hast ja lange geschlafen«, meldete sich Peter, der links neben ihm lag.

Und Dr. Schachtner aus der anderen Ecke rief: »Man hat festgestellt, daß nicht der Regen das Rutschen verursachte, sondern eine breite Ölspur! Das kann einen dicken Schadensersatzprozeß geben.«

Ludwig lächelte schmerzlich. »Alle Mann wieder an Bord, mit leichten Schrammen.« Er sah sich um. Peter mit dem Turban, Dr. Schachtner mit einem Eisbeutel auf der Stirn, Monika mit verbundener Schulter. »Kinder, hatten wir ein Glück!« Er ließ den Kopf in das Kissen zurückfallen. »Was ist mit dem Wagen?«

»Schrott!« rief Peter. »Bekommen wir jetzt einen neuen?«

»Ja.«

»Super!«

In der Tür erschien die Schwester. »Wenn hier keine Ruhe herrscht, werden Sie schon jetzt in Einzelzimmer verlegt. Der Doktor hat völlige Ruhe angeordnet.« Die Tür schloß sich wieder.

»Das war Schwester Christine«, bemerkte Dr. Schachtner leise, »ein Besen! Die hat mir eine Spritze gegeben, na, ich kann Ihnen sagen . . .«

Sie lachten alle leise in sich hinein.

Trotz seiner Fahrkunst war es dem Chauffeur nicht möglich, vor Einbruch der Nacht das Krankenhaus von Rosenheim zu erreichen. Nachts aber gibt es keine Besuche, es sei denn, man wird zu einem Sterbenden gelassen. Ihren Angehörigen ging es den Umständen entsprechend gut, wie Lucia erfuhr, als sie von München aus in Rosenheim anrief und ihr Kommen ankündigte. Der diensthabende

Arzt beruhigte sie, gab genaue Auskunft und hielt es für die Patienten wie auch für Lucia selbst am besten, wenn sie am nächsten Vormittag in Rosenheim einträfe.

»Glauben Sie mir, gnädige Frau«, sagte der Arzt, »daß ich Sie bitten würde, auch nachts zu kommen, wenn es notwendig wäre. Aber es ist nicht notwendig.«

Also blieben sie in München, stiegen in einem zentral gelegenen Hotel ab und gingen früh zu Bett. Karin schlief sofort ein. Der Chauffeur sah sich wohl einige Nachtlokale an; Lucia ging in ihrem Zimmer hin und her. Sie fühlte sich wie erschlagen, brachte es aber nicht fertig, sich schlafen zu legen. Vielleicht wird es besser, wenn ich etwas getrunken habe, dachte sie. Das kann mir keiner übelnehmen nach diesem Tag! Sie zog ein elegantes Wollkleid an und fuhr mit dem Lift in die große, halbdunkle Kellerbar. Eine Band spielte, und eine dunkelhäutige Sängerin schluchzte ins Mikrophon.

»Hallo! Welche Überraschung! Es gibt doch noch Engel, die vom Himmel fallen!« Die Stimme, die ihr von der Bartheke entgegentönte, ließ Lucia zusammenzucken. Auf einem Hocker saß, feist, mit glänzendem Gesicht, in einem Smoking, Henk Beljonow, der Tenor. Er sprang herunter und kam Lucia mit ausgestreckten Armen entgegen. »Reich mir die Hand, mein Leben, komm auf mein Schloß mit mir«, sang er und lachte dann dröhnend. »Woher weißt du, daß ich in München bin, Liebling?«

»Ein dummer, abscheulicher Zufall.« Lucia übersah Beljonows Hand. »Ich bin hier auf der Fahrt zu meinem Mann und übernachte zufällig in München.«

»Auf einem Barhocker, was? Ha, ha!« Beljonow legte den Arm um Lucias Schulter, aber sie schlug seine Hand weg. Er lief rot an. »Laß den Blödsinn!« zischte er. »Willst du noch einen Skandal machen wie in Köln? Diesmal reagiere ich anders.« Er zog Lucia, so sehr sie sich dagegen wehrte, in eine Nische und baute sich vor ihr auf. »Ich habe übermorgen Probesingen im Gärtnerplatztheater. Natürlich nicht als erster Tenor, sondern als Buffo. Aber immerhin. Ein renommiertes Haus! Das ist eine Chance. Sie suchen auch noch einen lyrischen Sopran. Das wäre etwas für dich! Du singst die Jungen doch an die Wand. Lucia, es geht aufwärts! Komm mit! Dich schickt wirklich der Himmel!«

»Laß mich, Henk.« Lucia stieß ihn vor die Brust. »Es ist jetzt alles anders. Du bedeutest mir nichts mehr.«

»Sag das noch einmal.« Beljonow atmete tief auf.

»Seit einiger Zeit weiß ich, was mir Ludwig, was mir meine Familie bedeutet. Ich muß verrückt gewesen sein, als ich mir einbildete, mit dir leben zu können. Geh mir aus dem Weg! Daß ich ausgerechnet dich hier treffen muß!«

Beljonow sah sich schnell um. Die Nische hatte einen Vorhang. Wenn man ihn vorzog, sah niemand, was dahinter geschah. Mit einem Ruck riß er die Samtportiere vor die Nische. Von der Bar beachtete man sie nicht, auf der erleuchteten Tanzfläche drängten sich die Paare eng aneinander. In der dunklen Nische waren sie allein wie auf einer fernen Insel.

»Du bist ein Luder«, sagte Beljonow dumpf, »ein gemeines Luder! Mein Vater hat mir erzählt, daß man Frauen wie dich in Rußland in den Fluß jagte, auspeitschte oder in die Wälder zu den Wölfen trieb. Hier gibt es leider keine Wölfe!«

»Laß mich gehen!« zischte Lucia. »Mein Gott, muß ich blind gewesen sein, daß du mich überhaupt anfassen durftest! Wenn du mir nicht aus dem Weg gehst, schreie und trete ich!« Erst jetzt merkte sie, daß der Vorhang zugezogen war. Über ihr Gesicht huschten Schrecken und Angst. »Was soll das?« rief sie. »Hilfe!«

Aber niemand konnte sie hören, es war zu laut in der Bar. Beljonow beugte sich zu Lucia vor. Sein dickes Gesicht war verzerrt. Mit einem Ruck fuhren seine Finger vor und legten sich um ihren Hals. Lucia wehrte sich. Sie schlug auf Beljonow ein, sie hämmerte ihm ins Gesicht, aber der Druck seiner Finger wurde immer stärker. Todesangst überfiel sie, und als sie zwischen zwei Hieben seine Augen sah, erkannte sie, daß er von Sinnen war, daß er wirklich imstande sein könnte, sie zu erwürgen, hier in der halbdunklen Bar, hinter einem Vorhang, in einer Nische, wo niemand sie sah. In ihr wuchsen ungeahnte Kräfte. Mit einem wilden Ruck befreite sie sich von seinen Fingern; es war ihr, als zerbrächen ihre Nackenwirbel, aber sie bekam Luft. Mit der flachen Hand schlug sie ihn ins Gesicht.

»Du Aas«, stammelte Beljonow, »ich bringe dich um! Und wenn du an den Nordpol flüchtest – ich bringe dich um!«

Lucia riß den Vorhang zur Seite und trat in das halbdunkle Lokal zurück. An der Bar lärmten zwei Herren und steckten der Bardame Geldscheine in den Ausschnitt. Die diskreten Kellner schwebten wie Schatten zwischen den Tischen und Nischen. Niemand hatte bemerkt, was hinter dem Vorhang geschehen war.

Lucia ordnete ihre Haare, so gut es ging, und verließ schnell die Kellerbar. Nach Beljonow drehte sie sich nicht mehr um; er stand noch in der Nische, schwer atmend, den Mund halb aufgerissen. Mit rotumränderten Augen starrte er ihr nach. In seinem Innern tobte unbeschreibliche Wut.

Übermorgen vorsingen, im Gärtnerplatztheater, das war das nächste Ziel. Dann war er oben. Der Buffo, der sich allen ins Herz sang! Dann lagen ihm die Frauen zu Füßen. Mußte es gerade Lucia sein? Er lehnte den Kopf an die Wand. Plötzlich überfiel ihn Grauen vor sich selbst. Ich hätte sie getötet, dachte er, und warum? Der Verstand muß mich verlassen haben. Er wischte sich über das Gesicht. Seine Hände zitterten. Mein Gott, dachte er, ich hätte sie fast umgebracht. Ich bin doch kein Mörder. Ich bin nur ein Mensch, den ab und zu die Leidenschaften überwältigen. Ich bin nicht schlecht. Ich bin nur allein und einsam und suche Ruhe – und Liebe, wirkliche Liebe.

Langsam kehrte er zur Bar zurück und setzte sich vorsichtig auf einen der hohen Hocker.

Die zwei Herren, mit denen er vorher getrunken hatte, schlugen ihm lachend auf die Schulter und blinzelten ihm zu. »Wo ist die Kleine?« riefen sie. »Das war nicht nett von Ihnen, mein Lieber, sie uns vorzuenthalten! Warum dieses Versteckspiel?« Sie stießen Beljonow gutmütig in die Seite.

Der Sänger starrte vor sich hin, dann rutschte er vom Hocker und warf einen Geldschein auf die Theke. »Idioten«, sagte er laut und ging.

»Laß ihn!« Der eine Herr hielt den anderen fest, der hinter Beljonow her wollte, um ihn zur Rede zu stellen. »Laß ihn, Willem.«

Lucia drückte leise die Tür zu ihrem Hotelzimmer auf. Karin schlief fest. Auf Zehenspitzen ging Lucia zu dem Bett und setzte sich vorsichtig auf die Kante. Mit einem wehmütigen Lächeln betrachtete sie ihre Tochter. Wie hübsch sie ist, wie unbeschreiblich jung und doch schon erwachsen! Vielleicht habe ich auch einmal so ausgesehen, damals, als mich Ludwig kennenlernte und schon am zweiten Abend sagte: »Lucia, Sie mögen es jetzt noch nicht glauben, aber es gibt gar keine andere Möglichkeit als die, daß wir einmal heiraten werden.« Damals hatte sie gelacht. Sie mußte betörend auf die Männer gewirkt haben, so wie jetzt ihre Töchter. Sie strich Karin eine blonde Haarsträhne aus dem Gesicht. Ich habe in den letzten Jahren vieles falsch gemacht, dachte Lucia. Ich war egoistisch. Ich konnte mich auf einmal nicht mehr damit abfinden, Mutter von drei Kindern zu sein. Ich wollte ausbrechen aus der Sicherheit einer geordneten Familie, um etwas zu erleben, um wieder die Bestätigung zu finden: Du bist noch schön! Aber das alles war ein Irrtum, eine Flucht in die Illusion. Als Peter verschwunden war, hatte sie wieder deutlich gespürt, was ihre Kinder für sie bedeuteten. Dann geschah das Unglück auf der Autobahn, und plötzlich wurde ihr auch klar, wie sehr sie an ihrem Mann hing. »Ich will alles wieder gutmachen«, flüsterte sie und legte vorsichtig die Hand auf Karins Arm. »Es hat keinen Sinn, mit Herzen zu spielen – man verliert immer!«

Karin bewegte sich im Schlaf. Sie drehte sich auf den Rücken und seufzte. »Mutti«, sagte sie zärtlich, »Mutti...«

Lucia beugte sich über sie. »Ich bin bei dir, Schatz, schlaf, mein Liebling.«

Karin lächelte. Sie streckte sich.

Leise stand Lucia auf und zog sich aus. Die Haut an ihrem Hals brannte vom Würgegriff Beljonows. Ob man morgen noch etwas sieht, dachte sie, ob es blaue Flecken gibt?

Dann dachte sie an Rosenheim, an das Krankenhaus, an

den verletzten Mann, an Monika und Peter, der jetzt mit einem trotzigen Gesichtchen schlief, das er im Schlaf immer aufsetzte. Da weinte sie und drückte sich ein Taschentuch auf den Mund. Verzeiht mir, dachte sie, verzeiht mir alle – ich will euch eine gute Mutter sein, ich will alles wieder gutmachen.

Die Fahrt nach Rosenheim am nächsten Tag verlief ohne Zwischenfälle. Der Chauffeur sah etwas zerknittert aus, denn Münchens Nachtleben hat es in sich; Karin dagegen war munter und fröhlich und schielte ab und zu nach ihrer Mutter. Sie kannte sie fast nicht wieder. Sie hatte sich nur die Lippen geschminkt und die Brauen nachgezogen.

»Du siehst so viel hübscher aus, Mutti!« sagte Karin beim Frühstück im Hotel.

»Danke.» Lucia lächelte schwach. Sie fürchtete, daß Beljonow auch im Frühstücksraum erschien.

In Rosenheim kaufte Lucia vier Riesensträuße, zwei große Schachteln Pralinen und zwei Flaschen Champagner. Wie Lieferanten zu einer Hochzeitsfeier trafen sie im Krankenhaus ein und mußten im Flur warten, da gerade Visite war.

Nach der Visite empfing Oberarzt Dr. Bornwieser Lucia zunächst allein in seinem Sprechzimmer. Mit großen Augen saß sie ihm gegenüber. Gab es Komplikationen? Wenn alles so glatt verlaufen war, sprach man nicht unter vier Augen mit der Ehefrau.

Dr. Bornwieser sah sie prüfend an. Dann schoß er seine erste Frage ab. Sie traf ins Schwarze. »Stimmt in Ihrer Ehe etwas nicht?«

Lucia zuckte zusammen. »Wieso?« fragte sie betroffen.

»Als wir zu Ihrem Mann sagten: ›Heute kommt Ihre

Frau‹, antwortete er: ›Muß das sein?‹ So reagiert kein glücklicher Ehemann, vor allem nicht in seiner Lage.«

Lucia schaute den Oberarzt erschrocken an. Ihre Finger nestelten nervös an ihrer Krokotasche. »Es gab da etwas –«, sagte sie leise.

Dr. Bornwieser unterbrach sie. »Mich gehen die privaten Probleme meiner Patienten nur insoweit an, als sie Einfluß auf ihren Gesundheitszustand haben. Ihr Mann ist nicht schwer verletzt. Er hat ungeheures Glück gehabt. Mehr Sorge macht mir sein Herz. Das ist nicht allein kaputt durch zu viel Arbeit. Sie wollen sich scheiden lassen?«

»Wir wollten es.«

»Ach, das hat sich geändert?«

»Bei mir, ja. Ob Ludwig, ob mein Mann es noch will, darüber möchte ich mit ihm sprechen.«

Der Arzt nickte beruhigend. »Er liegt auf Zimmer 19. Gestern lag die ganze Autobesatzung für ein paar Stunden in einem Zimmer, um sich im Gespräch ein wenig abreagieren zu können. Jetzt sind sie getrennt. Nur die beiden Geschwister haben wir zusammengelassen.«

Lucia erhob sich. »Danke für alles, Herr Doktor«, sagte sie und drückte ihm die Hand. Dann machte sie sich auf den Weg durch die endlosen Korridore. Lächelnd nahm sie zur Kenntnis, daß sie Herzklopfen hatte.

»Karin«, rief Monika laut, als ihre Schwester das Zimmer betrat, die Blumensträuße und Pralinenschachteln in den Händen.

Peter sah die Pralinen sofort und schrie dazwischen: »Sind auch Cognacbohnen dabei?«

Auf seinem Bett lud Karin alle Geschenke ab, gab ihm einen Kuß und lief zu ihrer Schwester.

»Wo ist denn Mutti?« fragte Monika nach dem ersten Begrüßungssturm.

»Bei Papi.« Karin kniff ein Auge zu. Sie setzte sich auf Monikas Bettkante. »Mutti ist ganz anders als früher, fast über Nacht. Ach, ihr erkennt sie gar nicht wieder!«

»Was ist nun mit den Pralinen?« rief Peter. »Schließlich war ich eine Zeitlang gekidnappt und mußte von Wasser und Brot leben!«

Das darauf folgende Lachen befreite alle von dem inneren Druck, der auf ihnen lag.

Was zwischen Ludwig Etzel und seiner Frau Lucia in Zimmer 19 gesprochen wurde, hat nie jemand erfahren.

Um der Familie eine Freude zu machen, ordnete Dr. Bornwieser an, noch einmal für ein paar Stunden alle Beteiligten in einem Zimmer zusammenzulegen.

Als der Krankenpfleger das Bett dorthin rollte, ging Lucia nebenher und hielt die Hand ihres Mannes.

Mit Hallo wurden sie im großen Zimmer empfangen. Es war fast wie ein fröhliches Familienfest und nicht wie in einem Krankenhauszimmer mit lauter Verletzten.

Schwester Christine unterließ es, um Ruhe zu bitten; Dr. Bornwieser hielt sie zurück. »Es gehört zum Heilvorgang«, erklärte er, »eine bessere Medizin gibt es nicht.«

Dr. Schachtner winkte Ludwig zu, als dessen Bett wieder am alten Platz stand. »Ich schließe hiermit die Akten«, rief er.

»Tun Sie das, Doktor.« Ludwig zog seine Frau auf sein Bett. »Wir werden sie nie wieder brauchen.«

Es wurde ein lauter Vormittag, denn nun flogen die Korken aus den Champagnerflaschen. Und die Fröhlichkeit stieg noch, als Dr. Bornwieser verkündete, daß am

Freitag die Rückfahrt nach Köln stattfinden könne, allerdings in einem Krankenwagen und nicht etwa nach Hause, sondern in das Kölner Krankenhaus Lindenburg.

Das Versetzungsgesuch Dr. Hembachs hatte bei der Schulbehörde in Köln für einige Unruhe gesorgt. Schulrat Dr. Brunnenmayer, sonst durch nichts zu erschüttern, hatte dem Regierungspräsidenten selbst den Fall vorgetragen.

»Regeln Sie das so diskret wie möglich! Wir haben schon genug Schulskandale gehabt«, lautete dessen Antwort.

Ein Skandal! Als solchen empfand auch Dr. Brunnenmayer das Schriftstück Dr. Hembachs. Ein Lehrer verliebt sich in seine Schülerin! Er will sie heiraten. Ein Mädchen von siebzehn Jahren. Man sollte von einem Akademiker mehr Reife verlangen!

Dr. Brunnenmayer dachte an die sensationell aufgemachten Berichte der Lokalblätter. Überschriften wie »Liebesnest in der Schule« oder »Kursleiter als Liebhaber« nahmen ihm fast den Atem. Mit einem tiefen Seufzer rief er: »Herein!«, als ihm die Sekretärin aus dem Vorzimmer das Eintreffen Dr. Hembachs mitteilte. Genau elf Uhr. Der Schulrat begrüßte ihn kurz und blätterte dann in dem Brief herum, als habe er ihn gerade gelesen. »Hat sich das nicht vermeiden lassen?« bemerkte er plötzlich.

Dr. Hembach schüttelte den Kopf. »Nein.«

»Was heißt nein?« Dr. Brunnenmayer nahm seine Brille ab und putzte sie umständlich. »Sie sind doch ein erwachsener Mann! Ein Lehrer! Ein Akademiker! Sie lassen sich von einer siebzehnjährigen Göre aus den Latschen kippen!«

»Ich betrachte die siebzehnjährige Göre als meine zukünftige Frau«, erklärte Dr. Hembach ruhig.

»Das ist doch ein Witz«, meinte Dr. Brunnenmayer.

»Nein! Ich glaube, ich habe mich in meinem Brief deutlich genug ausgedrückt.«

»Das ist doch Irrsinn, Hembach!«

»Liebe ist nie Irrsinn.«

»Eine Siebzehnjährige!«

»In drei Jahren ist sie zwanzig! Dann sähe es plötzlich anders aus, nicht wahr? Sollen wir wegen der Optik drei Jahre lang heucheln? Ich habe um Versetzung an ein Jungengymnasium gebeten, um allen Komplikationen aus dem Weg zu gehen.«

Dr. Brunnenmayer lehnte sich zurück. »Mein lieber Hembach«, sagte er gedehnt, »sehen wir von der Versetzung ab, die natürlich sofort erfolgen wird. Wissen Sie überhaupt, daß man Ihnen daraus einen Strick drehen kann? Sogar strafrechtlich? Man nennt das heute ›sexuellen Mißbrauch von Schutzbefohlenen‹.«

Dr. Hembach sprang auf. »Davon kann bei uns nicht die Rede sein!«

»Aber wer glaubt Ihnen das?« Dr. Brunnenmayer beugte sich vor. »Die Presse, die Leute, die Kollegen, die anderen Schülerinnen, die Eltern – alle denken doch das Gleiche: Er *hat*! Wollen Sie als Rechtfertigung eine ärztliche Bescheinigung über die Unberührtheit Ihrer Braut in die Zeitung setzen lassen? Selbst dann wird man sagen: ›Alles Lüge!‹ Die Welt ist nun einmal so. Man unterstellt das, was man sehen will. So ist das, lieber Kollege! Was aber noch schlimmer ist: Auch wir, die Schulaufsichtsbehörde, werden mit hineingerissen! Glauben Sie, das läßt sich alles still unter den Teppich kehren?«

Der junge Lehrer setzte sich verwirrt. »Eine Versetzung ist doch unauffällig.«

»Ihr Schulleiter zum Beispiel weiß es, der erzählt es seiner Frau. Beim nächsten Kaffeekränzchen der Frauen der Kollegen wird es weiterverbreitet; und die Lawine rollt! Sie ist gar nicht aufzuhalten. Das ist ein Naturgesetz. Der Mensch ist geschwätzig, und er ist es um so mehr, wenn er nichts sagen darf! Wissen Sie, was mit Ihnen passieren wird, Hembach?« Dr. Brunnenmayer stand auf und ging im Zimmer hin und her. »Sie werden versetzt. An das Jungengymnasium Ehrenfeld zum Beispiel. Mit Ihrer Akte läuft das Gerücht: Versetzt wegen Liebe zu einer Schülerin. Was glauben Sie, was man Ihnen für einen Empfang im neuen Kollegium bereiten wird? ›Hallo, da kommt unser Casanova!‹« Er seufzte. »Dann werden es die Eltern erfahren, schließlich die Schüler.«

Dr. Hembach sah auf seine Hände. Seine Stimme zitterte. »Ist es denn ein Verbrechen zu lieben?« fragte er tonlos. »Sind wir Lehrer denn andere Menschen?«

»Ein Lehrer muß Vorbild sein.«

»Was hat das mit der Liebe zu tun?«

»Viel! Sie können von mir aus eine siebzehnjährige Negerin lieben – nur Ihre Schülerin nicht!«

»Das ist doch eine verdammte Heuchelei!« Dr. Hembach sprang wieder auf. »Ich stehe dazu! Ich lasse mich versetzen. Karin geht in einem Jahr ab, dann heiraten wir. Ist das nicht korrekt?«

»Natürlich. Aber ein Lehrer sollte sich das dreimal überlegen.«

»Und das nennt man das zwanzigste Jahrhundert!«

Dr. Brunnenmayer blieb vor dem jungen Lehrer stehen. »Sie bleiben also dabei?«

»Ja, selbstverständlich«, antwortete Dr. Hembach fest. »Ich lasse mir von niemand mein Leben verpfuschen!«

»So viel bedeutet Ihnen das Mädchen?«

Dr. Hembach nickte. »Ich liebe Karin und würde jedes Opfer bringen.«

»Na denn!« Der Schulrat legte Dr. Hembach die Hand auf die Schulter. »Ich werde Ihre Versetzung befürworten. Beißen Sie sich durch, junger Freund. Aber erwarten Sie von mir keine Hilfe gegen Gerüchte! Ich habe Sie gewarnt. Viel Glück!«

»Danke, Herr Schulrat.« Dr. Hembach verbeugte sich knapp. »Es wird schon werden.«

»Stellen Sie mich Ihrer jungen Frau einmal vor, wenn Sie verheiratet sind?«

»Natürlich, Herr Schulrat.«

»Wenn man bedenkt ...« Dr. Brunnenmayer sah an Dr. Hembach vorbei. »Ich habe zwei Töchter von siebzehn und achtzehn Jahren. Und wenn die Jüngste jetzt zu mir käme und sagte: ›Vater, ich heirate meinen Kursleiter‹, das ist schon ein komisches Gefühl, Herr Kollege.«

»Das ist es sicher.« Dr. Hembach lächelte schwach. »Aber bedenken Sie bitte, Herr Schulrat, daß wir eine Generation jünger sind. Da sieht es ganz anders aus.«

Dr. Brunnenmayer stand oben am Fenster und sah auf die Straße hinab, als Dr. Hembach das große Gebäude verließ. Eigentlich ist es etwas Herrliches, so lieben zu können, dachte er, daß es keine Hindernisse gibt, die man nicht überwinden könnte. Soll man Hembach bedauern? Soll man ihn beneiden? Er wandte sich ins Zimmer zurück. Er dachte an seine eigene Jugend und lächelte. »Ich beneide ihn«, sagte er leise, »er hat Mut und ist konsequent.«

Am gleichen Tag noch ging der Bericht ans Kultusministerium. Der Weg Karins und Dr. Hembachs war freigemacht.

Nach zwei Wochen wurden Peter und Monika aus dem Kölner Krankenhaus Lindenburg entlassen. Ludwig Etzel und Dr. Schachtner mußten noch bleiben, weil der Oberarzt der Unfallstation beide zu gut kannte. »Sie behalte ich hier, bis Sie völlig ausgeheilt sind«, erklärte er, als Ludwig und Dr. Schachtner nach Hause drängten. »Ich kann mir genau vorstellen, wie das geht! Man stürzt sich kopfüber in die Arbeit!«

»Arzt müßte man sein«, stöhnte Dr. Schachtner. »Wenn ich meine Prozeßtermine nicht wahrnehmen kann, verlieren meine Klienten. Bei euch Ärzten ist das einfacher, bei euch sterben die Patienten bloß!«

»Und wenn ich keine Häuser baue, müssen die Menschen auf freiem Feld übernachten«, bemerkte Ludwig.

»Mir kommen gleich die Tränen.« Der Oberarzt winkte ab. »Sie können ruhig weiter schimpfen. Sie bleiben hier im Bett, bis Sie wieder soweit sind, am Reck eine Riesenwelle zu machen.«

Dr. Schachtner lachte. »Ich hatte im Turnen immer 'ne Fünf!«

Aber es blieb dabei: Monika und Peter wurden entlassen, und jeden Nachmittag saß Lucia weiterhin am Bett ihres Mannes, brachte ihm Obst und Rotwein, Bücher und Zeitungen und sogar einen großen Skizzenblock, in den er sofort neue Ideen für eine Wohnsiedlung einzeichnete. Es war, als seien sie jung verheiratet. Stundenlang saßen sie zusammen, oft Hand in Hand, und wenn sich Lucia verabschiedete, drehte sich Dr. Schachtner taktvoll auf die andere Seite. »Für einen Junggesellen ist der Anblick küssender Paare, vor allem in meiner Zwangslage, eine glatte Strafverschärfung!«

Ein paarmal hatte auch Thomas Andau seine Monika in der Lindenburg besucht. Beim ersten Mal hatte es ihn eine gewaltige Überwindung gekostet. Hätte Monika ein eigenes Zimmer gehabt, wäre es einfach gewesen. Aber so lag Peter mit ihr in einem Raum und beobachtete sie beide ungeniert. Außerdem hatte Thomas das Gefühl, sich bei Monikas Vater vorstellen zu müssen. Und das war nun ein echtes Problem. Nach langer Überlegung beschloß er, sich bei seinem Vater Rat zu holen.

Nach dem Mittagessen ging er zu ihm ins Arbeitszimmer, wo Josef Andau eine Zigarre rauchte. Das war die geheiligte Stunde, wo man ihn nur in dringenden Fällen stören durfte. Durch den Rauch seiner Zigarre schaute er den Sohn prüfend an. »Kummer?« fragte er endlich.

Thomas schrak zusammen. »So ähnlich, Papa.«

»Schule? Latein? Pauken, Thomas. Pauken! Latein muß man pauken!«

»In Latein stehe ich auf einer glatten Zwei.«

»Was du nicht sagst! Mathematik etwa?«

»Nein. Monika.«

»Aha!« Josef Andau zog kräftig an seiner Zigarre. »Hat's Krach gegeben?«

»Nein. Monika liegt noch im Krankenhaus. Aber jetzt in Köln, in der Lindenburg. Karin hat mich angerufen. Und – ich möchte sie nun besuchen.«

»Das gehört sich auch so.«

»Ja. Aber ihr Vater liegt ja auch noch im Krankenhaus. Kann jederzeit im Zimmer seiner Tochter auftauchen.«

»Und nun hast du Angst, mein Sohn, was?« Josef Andau lachte laut. »Ich freue mich, daß es so ist, denn es zeigt mir, daß eure manchmal so kaltschnäuzige Generation doch noch etwas Ehrfurcht vor den Älteren hat! Und nun willst du von mir einen Rat, nicht wahr?«

»Klaro.«

»Rat von dem verkalkten Greis...«

»Das habe ich nie gesagt, Papa.«

»Aber oft gedacht.« Josef Andau sah den Brand seiner Zigarre an. »Wenn ich mich an die Filme erinnere, die ihr so gern seht, dann müßtest du zu Herrn Etzel ans Bett treten, ihm auf die Schulter schlagen und sagen: ›Na, alter Knabe, was macht der Knochen? Ich bin übrigens Tom, und Ihre Tochter, die Monika, die ist jetzt meine Lady.‹«

Thomas verzog sein Gesicht. »Mach keine Witze, mir ist es bitterernst. Ich weiß nicht, was ich sagen soll.«

»Also gut, versuchen wir es auf die gute, alte Tour.« Der Vater sah seinen Sohn lächelnd an. »Ich nehme an, Frau Etzel ist nachmittags auch manchmal im Zimmer.«

»Ja.«

»Dann kaufst du erst mal zwei Blumensträuße. Einen für Monika und einen größeren – selbstverständlich – für Frau Etzel. Dann stellst du dich vor und erzählst kurz, wie ihr euch am Wolfgangsee kennengelernt habt.«

»Das ist ja fast schon so förmlich wie ein Heiratsantrag«, sagte Thomas entsetzt, »geht's nicht noch ein bißchen konservativer?«

»Bestimmte Formen gelten nun mal seit Jahrhunderten. Im Verkehr mit den Eltern gilt noch der alte Zopf.«

»Gut!« Thomas nickte. »Und dann stehe ich da, habe die Blumen abgegeben und meinen Vers aufgesagt. Was dann?«

»Bist du ein Idiot, mein Sohn?«

»Nicht ganz.« Thomas sah unglücklich aus. »Sie werden mich beobachten.«

»Das haben Eltern so an sich. Habe ich nicht auch deine Monika von weitem heimlich begutachtet?«

Thomas sah schnell weg. Wenn du wüßtest, daß das Karin war, dachte er. Aber sie sehen ja beide gleich aus; und den anderen Charakter kann man ja nicht am Kleid feststellen, vor allem, wenn Karin sich Mühe gibt, ganz brav zu sein. »Das stimmt«, erwiderte er leise.

»Und ich werde sie mir aus der Nähe auch noch genau begucken – die richtige Monika«, lachte Josef Andau.

Thomas fuhr aus dem Sessel hoch. »Du wußtest ... das mit Karin?« stotterte er.

Josef Andau nickte. »Halte deinen Vater nicht für einen Gruftie. Ich habe alles durchschaut. Dein dämliches Gesicht sprach Bände, als du vor der angeblichen Monika standest. Ein verliebter junger Mann reagiert anders! Und da wußte ich – das ist die Zwillingsschwester Karin, die für Monika einspringt.«

»Mein Gott, bei mir tickt's wohl nicht richtig!«

»Brav, mein Junge, daß du es einsiehst. Aber da Monika ebenso nett sein wird wie Karin, habe ich Karin als Monika akzeptiert. Schwamm drüber! Was willst du noch wissen?«

Thomas lachte. »Zum Beispiel, ob ich Monika im Beisein der Eltern küssen kann?«

»Das würde ich tunlichst vermeiden. Gott, ist die heutige Jugend kompliziert! Ich in deinem Alter fand immer Gelegenheiten, mit deiner Supermutter – so sagt ihr doch – allein zu sein! Streng deine Phantasie an, mein Sohn! So etwas ergibt sich aus der Situation. Da kann ich dir nicht helfen. Ich bin kein Hellseher. Und was die Blumen betrifft: Sollte Frau Etzel gar nicht da sein, so kannst du Monika darum bitten, ihrer Mutter den Blumenstrauß später zu übergeben.«

So gewappnet, betrat Thomas am Nachmittag das Krankenhaus, im Arm zwei dicke Blumensträuße. Vor der Tür von Zimmer 23, Privatstation Professor Dr. Much, atmete er ein paarmal tief durch. Es war ihm, als lege sich ihm eine Hand um die Kehle. Zaghaft klopfte er an, wartete auf ein helles »Herein!« und drückte dann die Klinke hinunter. Er erstarrte fast vor Schreck, als er die ganze Familie Etzel im Krankenzimmer versammelt sah.

Sofort rief Karin bei seinem Anblick: »Monika, dein Rosenkavalier ist da!«

Freundliches Gelächter der übrigen Familienmitglieder war die Antwort. Mit allem hatte Thomas gerechnet, nur nicht damit, daß bei seinem Eintritt gelacht würde. Er verfluchte seinen Entschluß, diesen idiotischen Krankenhausbesuch zu machen, aber gleichzeitig – aus dem Mut der Verzweiflung heraus – entwickelte er eine Festigkeit, die er sich selbst nie zugetraut hätte. Er ging auf Frau Etzel zu, die mit ihrem Mann an einem kleinen Tisch saß, wickelte den Strauß gelber Teerosen aus dem Papier, überreichte ihn ihr und stellte sich vor.

»Ich weiß, wer Sie sind«, unterbrach ihn Lucia, »meine Töchter haben mir viel von Ihnen erzählt. Das ist der berühmte Tom, Ludwig.«

»Freut mich«, sagte Ludwig und gab Thomas die Hand. »Ich sehe, Sie haben noch einen Blumenstrauß in der Hand. Er soll sicher für Monika sein. Geben Sie ihn ab, ehe er verwelkt.«

»Ja, natürlich«, stotterte Thomas und ging unsicher zur anderen Zimmerecke, wo Monika in den Kissen lag und sich mit glühendem Gesicht auf die Lippen biß.

Peter saß im Bett und hielt Andau fest, als er vorbeikam. »Hast du Schokolade mit?« fragte er.

Thomas schüttelte den Kopf. »Nee – man kann ja nicht an alles denken!«

»Und so was will der Freund von meiner Schwester sein!«

Alle lachten schallend, und Thomas lachte mit.

Nach einer Stunde war alles anders. Thomas unterhielt sich angeregt mit Ludwig, erzählte von seinem Judo und erwies sich als Fußballexperte, was Ludwig sehr sympathisch fand. Auch bekannte er, Schach zu spielen, und Ludwig lud ihn ein, wann immer er Lust und Zeit habe, mit ihm eine Partie zu spielen, im Krankenhaus und auch später, zu Hause. »Sie müssen wissen, Tom, keiner in meiner Familie und näheren Bekanntschaft spielt Schach, bis auf Dr. Schachtner. Aber der spielt miserabel.«

Eine Schwester holte Monika zur Röntgenkontrolle ab. Fast unbemerkt – nur Karin sah es mit einem Lächeln – verließ wenig später auch Thomas das Zimmer und fragte sich zur Röntgenstation durch. Dort saß Monika allein in einem kleinen Wartezimmer, von dem eine dicke Tür zum Röntgenraum führte.

»Monika«, sagte Thomas mit schwerer Stimme, »ich hatte solche Angst um dich. Ich ... ich war ganz verzweifelt ... Es ist so schön, daß es dir so gut geht.«

Sie umarmten einander, sahen sich tief in die Augen und sagten kein Wort mehr.

Als Thomas zögerte, flüsterte Monika: »Nun küß mich schon, Tom.«

Sie fanden erst wieder zur Wirklichkeit zurück, als eine Hand Thomas' Schulter berührte.

»Nun kann ich wirklich nicht länger warten«, sagte der junge Röntgenarzt, der unbemerkt durch die dicke Tür eingetreten war, »es müssen auch noch andere Patienten geröntgt werden.«

Zu Hause wartete Josef Andau auf seinen Sohn. Bevor Thomas etwas sagen konnte, zog er ihn beiseite. »Berichte«, drängte er neugierig.

Thomas strahlte. »Alles in Ordnung.«

»Ich will kein ›Alles in Ordnung‹, sondern Einzelheiten.«

»Die Blumen waren richtig, die Worte, auch die Situation ergaben sich. Nur der Anfang – Gott, ich kam mir ganz schön bescheuert vor! Am Sonntag kommt übrigens Monika zu uns.«

»Gut«, lachte Josef Andau. »Komm, ich spendiere einen Cognac.«

Ein Jahr verging; Ereignisse erschütterten die Welt und wurden schnell wieder vergessen.

Ludwig Etzel baute bei Köln eine Wohnsiedlung; er hatte alle Auslandsaufträge zurückgegeben. Wenn er abends nach Hause kam, war der Tisch gedeckt, und Lucia empfing ihn fröhlich, als seien sie jung verheiratet. Peter ließ sich sein Latein abhören, und nicht nur Monika, sondern auch Karin arbeitete für die Schule. Wenn Lucia mit ihrem Mann allein bei einem Glas Wein saß, besprachen sie die vielen kleinen wichtigen und unwichtigen Dinge des Alltags. Sie waren wieder eine richtig glückliche Familie geworden.

Von Henk Beljonows Schicksal erfuhren sie am Rande. Er war tot. Betrunken war er in München in einen Wagen gelaufen und auf die Straße geschleudert worden.

Irene Aurach, Ludwigs Sekretärin, hatte im vergangenen Jahr gekündigt und war nach Hamburg gezogen. Das geschah ohne Krach, ohne Szene, es war ein rein beruflicher Wechsel, bei dem Erinnerungen keinen Platz mehr hatten. Ostern schickte sie eine Anzeige, sie hatte geheiratet.

Im Sommer fuhr die ganze Familie nach Borkum; aber nicht nur sie! Auch Dr. Hembach und Thomas waren mit von der Partie. Alle Schulsorgen waren vorübergehend in weite Ferne gerückt, auch für Karin, die nun doch beschlossen hatte, das Abitur zu machen. Danach wollte sie sich zur technischen Zeichnerin ausbilden lassen, um in das Architekturbüro ihres Vaters eintreten zu können – vielleicht schon als Frau Hembach.

Aber nun waren Ferien. Der Salzwind der Nordsee wehte über den Sand und rüttelte an den Strandkörben. Die Fahnen über den Sandburgen knatterten. Am Strand, nahe den anrollenden Wellen, spielten vier junge Leute und warfen sich Bälle zu. Ihr Lachen flog mit dem Wind zu den Strandkörben.

Ludwig legte den Arm um die Schulter seiner Frau und zog sie an sich. Sie sahen den ballspielenden Mädchen und den beiden Männern zu. »Plötzlich werden wir älter«, sagte er zärtlich und küßte Lucia auf den Hals. »Im Handumdrehen sind unsere Töchter junge Frauen geworden. Und ich habe es gar nicht gemerkt, wie schnell sie wuchsen. Ihre Kindheit habe ich irgendwie versäumt. Aber mit Peter soll das anders werden. Wo ist der überhaupt?«

Lucia lächelte und lehnte sich in den Arm ihres Mannes zurück. »Er ist mit seiner Freundin beim Burgenbauen.«

»Der fängt ja früh an, der Lümmel!« Ludwig lachte und winkte Thomas zu, der einem Ball nachrannte. Dann wandte er sich wieder seiner Frau zu. »Ich möchte mit dir eine große Reise machen, mein Liebes, mit dir ganz allein, irgendwohin, wo es schön ist. Früher hatten wir für so was kein Geld, und heute bilden wir uns ein, keine Zeit zu haben. Da stimmt doch was nicht!«

»Ach, Ludwig, vieles im Leben stimmt nicht; dafür sind wir nun mal Menschen, unvollkommene, fehlerhafte Menschen, denen es schwerfällt, die Spreu vom Weizen zu trennen, Maß zu halten, ein ausgewogenes Verhältnis zum Glück zu bekommen.«

»Hauptsache«, erwiderte Ludwig, »man lernt es mit der Zeit. Gott sei Dank sind wir noch nicht zu alt dafür! Das Schicksal meint es gut mit uns.«

Eine Zeitlang schwiegen beide, aber jedes wußte, was das andere dachte: Das krisenreiche vergangene Jahr war das Tor zum Neuanfang geworden.